うたかたモザイク

ichiho michi

一穂ミチ

講談社

【 Contents 】

sweet

人魚 5

Melting Point 23

Droppin' Drops 33

spicy

永遠のアイ 59

レモンの目 67

ごしょうばん 75

bitter

ツーバイツー 109

Still love me? 121

BL 139

salty

玉ねぎちゃん 177

sofa & … 181

神さまはそない優しない 201

tasty

透子《とうこ》 235

装画／gelande
装幀／bookwall

うたかたモザイク

人魚

――あのさ、今まで黙ってたけど、人魚、なんだよね。

僕の恋人は、人魚らしい。少なくとも本人はそう主張する。その時僕たちは、清水《しみず》マリーナサーカスの観覧車に乗っている最中だった。海沿いも海沿いの、オーシャンフロントで回るかわいらしい観覧車からは清水港と太平洋と富士山が一望でき、夜になるとマリーナがライトアップされ、色とりどりのスパンコールをちりばめたような景色に変わる。

――「スペシャル・ペアゴンドラ」ってあるらしいよ、乗る？

何がスペシャルかというと、カップル仕様にデコってくれているらしい。彼女はにやにやと楽しげだったが、僕は恥ずかしく「普通のでいいよ」と断った。なぜなら観覧車が一周する十三分の間にプロポーズするつもりで、夜の観覧車というシチュエーションだけでだいぶやりすぎている自覚はあり、全部盛りラーメンに追いバターするような愚行は避けたかった。

ごく普通の水色のゴンドラに乗り込み、ゆっくり円周の軌道を進み始めたタイミングで僕は早々に切り出した。

――結婚しませんか。

膝が触れ合いそうな距離で向かい合った彼女はまず「え～？」と首を傾げる。

――何で今？

――え？

――ここまでセッティングしたんなら、てっぺんで言えばいいのに。

――いや、あまりにもかな、って。

しかし後半まで温存しておく緊張に耐えられそうもなく、序盤で勝負に出た次第だ。

――いちばん大事なとこで引き算しちゃってどうすんの。ピラミッドの頂上の三角だけない状態だよ？　駄目じゃん。ていうかもしわたしが断ったら一周するまで地獄の時間なんですけど。狭い密室で、逃げ場ないのに。

――ごめん……。

どう考えてもおっしゃるとおりだった。自分の考えのなさに落ち込んでいると、「ドンマイ」と雑に慰められた。

――頭抱えてたら、せっかくの景色が楽しめないよ。

――うん。

顔を上げると、地上の明かりがゆっくり遠ざかっていく。海に投げかけられた光が水面を青白く輝かせ、富士山は夜より暗い影絵になり、昼間とはまったく違う雰囲気でにゅうっと裾野を広げている。その富士山をバックに停泊している、大きな鉄骨の塔みたいなやぐらを備えた船は地球深部探査船「ちきゅう」だ。昼間、僕たちは船内公開イベントに参加して、あの船が海底から七千メートルも深い地層まで掘削し、地球の起源や巨大地震の予測などを研究していることを学んだ。新幹線でこのあたりを通り過ぎる時、たまに「変わった船があるな」と気にはなっていて、でも彼女が誘ってくれなければ一生訪れなかっただろう。彼女といると、僕のちいさな世界は思ってもみなかった方向に広がっていく。だから僕は彼女が好きで、できれば末長く一緒にいたかった。

でも、窓に額を押しつけて下界を眺める彼女もそうだとは限らない。ゴンドラがゼロ角度の地点を過ぎ、下っていっても（なぜか上りより速く感じられる）求婚への返事はなく、係員が「おかえりなさーい」と扉を開けるのとほぼ同時に、彼女はあの台詞を口にした。

——人魚、なんだよね。

彼女と初めて会ったのは、会社の同僚に誘われて沼津《ぬまづ》へ行った時だった。深海魚食べようぜ、と社内外で集まって結局二十人近くになっただろうか。誰かの友人の友人、だったと思うが、はっきり覚えていない。漁港近くの食堂で頼んだ大盛りの深海魚丼にはカサゴの姿揚げがどんと載っていて、こちらに顔を向けたビジュアルのインパクトにやや引き気味の僕をよそに彼女は目を輝かせ、目玉までほじくって平らげていた。この子のことをもっと知りたいな、と直感的に思った。

LINEのIDを交換し、僕は彼女とデートを重ねた。下田《しもだ》の水族館でイルカショーを見て、三島《みしま》の湧水に素足を浸し、浜名湖《はまなこ》のボートレースで一万円負けた。彼女が指定するデート場所はいつも静岡、しかも現地集合現地解散だった。僕は彼女がどこに住んでいるのかさえ知らないままだったが、詮索して警戒されたくなかったし、新幹線、在来線、踊り子号とさまざまな手段で行き来するのは楽しかった。

僕は生まれも育ちも奈良で、就職を機に上京した。僕にとって静岡というのは「長い通過地点」だった。名古屋《なごや》から新横浜《しんよこはま》までノンストップののぞみで走り抜けていくだけの土地。浜名湖を見て、富士山とそのふもとに広がる工場群を見て、茶畑を見て、いくつものトンネルを抜けるうちに気づけばもう小田原《おだわら》付近にきている。彼女があちこち連れて行ってくれなかったら、足を踏み入れることさえなかったかもしれない。

奈良出身だと話した時、彼女は「海なし県！」と目を丸くした。

――海がないってどんな感じ？　いやじゃない？

――考えたことなかった。

海あり県だろうが沿岸部でもない限りさほど海を意識しないだろうし、県境を封鎖されているわけじゃないから、奈良県民だって海に行こうと思えば行ける。

そういえば彼女とのデートは、水に関係するところばかりでもあった。人魚だという告白を聞いた時、まずそのことが頭をよぎりはした。しかしいくら何でも「へえ、どうりで」とはならない。

——え、人魚って？

ゴンドラに乗る前は想像もしていなかった展開に困惑しつつ尋ねた。彼女は僕の一歩前をぷらぷら歩きながらこともなげに答える。

——人の魚と書いて人魚。

——ああ、うん……。

——ご質問があったらどうぞ。

ストレートのデニムを穿いている彼女の脚はどこからどう見ても人間のそれだった。酒は飲んでいないし、冗談を言っている顔つきでもない。

——でも、脚、とか……。

——割と適応してるから、水陸両用。全身水に浸かったら魚になるよ。

——えっと……卵生？　胎生？

——え、いきなり下ネタ？

——ごめん。

彼女が振り返って眉をひそめる。僕はまた間違えたらしい。しかし、大輪の光となって回る観覧車の真下でこんな会話をするカップルがいるだろうか。僕が知りたいのは、なぜ唐突に、こんなばかげたホラを吹くのかということだった。

——要するに、その……種が違うから結婚はできないって言いたいの？

そんな独創的な断り方も彼女らしいという気はするが、普通に振ってくれるほうがよっぽどいい。

——ううん。あなたが気にしないんなら別に。

——え、じゃあＯＫってこと？

——あんま早まらないほうがいいよ。

いったいどっちなのか。思わせぶりなまねをする人ではなかったので、僕はすこし混乱した。真剣にプロポーズしたのに何だよ、と抗議してもいいのだろうが、夜風になびく彼女の髪に頭上の照明がきらめき、魚っぽいといえなくもない丸っこい目もきらきらしていて、かわいいから怒れなかった。

——熱意は伝わってきたよ。

彼女は言った。

——今度、うちの母に会いに来てくれる？

もちろん、と僕は即答した。

——お母さんって、どこに住んでるの。

――熱海《あたみ》。

十月の終わり、昼下がりの熱海駅は改札からすでに人でごった返していた。でも僕は人混みが好きだった。いつでも先に着いて待ってくれている彼女が背伸びして僕を探し、大きく手を振る姿が見られるから。帰る時には白い指が名残惜《なごりお》しそうにひらひらと泳ぐ。だから僕は現地で待ち合わせ、別れるデートスタイルが結構気に入っていた。そういえば五本の指を全開にした彼女の手は、やや水かきが目立つような気もする――思い込みだろうか。

「すごい人だね。熱海ってもっと鄙《ひな》びた温泉街かと思ってた」

会社の慰安旅行で訪れて、たたみいわしみたいに糊の効いた浴衣を着て、畳敷きのだだっ広い宴会場で脚付き膳の夕飯を食べて（青い固形燃料で温める仕様の小鍋はマスト）、カラオケや卓球に興じ、飲み足りなければスナックやパブへ……そんな、ちょっと古い観光地のイメージがあった。

「今はまた再ブームなんだよ。東京から程よく遠いしね」

旅情は味わいたいけど不便なのは面倒、確かにそんなわがままを叶えてくれる立地だった。

「バスも出てるけど、初めて来たんなら歩こうか」

と彼女が言うので、駅前のアーケード商店街に入った。そこからはいきなり坂だった。しかもかなり急で、無人の時間帯に自転車で疾走したらさぞかしスリリングだろう。山を下ればすぐに海、という忙しい土地のようだ。店先で蒸気を上げる温泉まんじゅうやぴかぴかの干物を見ながら、僕は「ほんとに手ぶらでよかったのかな」と言った。ご挨拶に行くんだから何か手土産を、と好物を訊いても、彼女は「いらない、持ってこないで」と頑なに拒否した。

「うん。あのね、この前言いそびれてたんだけどね、お母さん、もうとっくに死んでるから」

「え」

「ちゃんと説明してなくてごめんね」

珍しくしおれたような表情になり、惚れた弱みしかない僕は即座に「いいよそんなの！」とフォローする。

「えっと、じゃあ、お墓参りってことかな。でも、それならそれでお供え的なのを持ってきたのに」

「ううん、お墓ってわけでもないから。行けばわかるよ」

また謎めいた発言だったが、行けばわかるんならまあいいや、と自分を納得させた。初めて歩く熱海の街には「敢《あ》えてのレトロ」じゃない、自然な味わいが残っていた。おしゃれや映《ば》えで語られる「エモ」とは違う、ここに根ざした生活の歴史を感じ、僕は早くも熱海を好きになり始めていた。下り坂の途中から見えた海は山に向かって傾きかけた陽射しをたっぷりと受け、まばゆく跳ね返す。新幹線で一時間もかからないのに、東京より明らかに空気が澄んでいた。ここでは光が濁らずに遠くまで伸びていける。

「熱海銀座」という屋根のない商店街を抜けて海辺まで下りきると、今度は海岸沿いを進んだ。遊歩道には屋台が並び、あちこちでパイプが組まれて何やら大がかりな設営作業が進んでいる。

「きょう、何かあるの？」

「夜、花火大会があるんだよ。熱海はしょっちゅうやってる」

「へえ」

暖かい日だったのでうっすら汗をかきながら、僕は「お母さんのことだけど」と話しかけた。

「やっぱり、お母さんも人魚なの？」

「いいことを訊いてくれました」

「はあ」

「お母さんももちろん人魚、お父さんは、不倫して出てっちゃったの。……てことは、わかるよね？」

「わかる、とは？」

「童話の人魚姫、知ってるでしょ？」

王子さまに恋した人魚姫は魔法の力で人間になったものの、片恋は実らず、王子を殺して生きるか泡になって消えるかの二択を迫られた結果後者を選び……ってことは？

「あの、じゃあ、お母さんは」

「まあそういうこと」

彼女はあっさり答えた。

「で、わたしもそうだから。仮に結婚しても、あなたが心変わりしたら、殺すか死ぬかしかないの。それが人魚の掟《おきて》だからね」

「理不尽すぎない？」

「人生ってそういうものだよ。元彼もその前の彼も、そんな重い人生は背負えないって逃げ出してった。しょうがないよね」

この女やべえと思われただけじゃ……とは言わなかった。彼女の話を否定すれば、彼女が傷ついてしまう気がした。

「お母さんは、あそこにいるの」

彼女は山のふもとに見えるロープウェイを指差した。

「秘宝館、知ってる？」

「行ったことはないけど」

昔ながらの温泉地にあるB級エロ施設、という認識だった。よく見るとロープウェイの乗り場に独特なフォントで「秘宝館」と大きな看板が出ている。周辺住民はお子さんにどう説明しているんだろう。

「建物の屋根のところに人魚の像があるんだけど、それはうちのお母さんをモデルに、お父さんが作ったの。まあ、だから、お墓ではないけど、一応ね」

こういう時どんな顔すればいいのかわからないの……という某アニメの台詞《せりふ》が頭をよぎる。まさに今だよ今。でも乗りかかった船というか、ここまで来たら彼女の真意を確かめたいと思った。その上で、僕も逃げ出したくなったら正直にごめんなさいと謝るしかない。秘宝館とロープウェイ往復がセットになった券を買い、赤いゴンドラで山の中腹までショートカットする。町が遠ざかり、海がどんどん広がっていく。先月の間抜けなプロポーズを懐かしく思い出した。僕は彼女が好きだった。でも、死ぬまで好きかなんてわからないし、死ぬほど好きか、死んでもいいほど好きかと訊かれたら自信はない。人魚の掟は過酷すぎる。

あっという間に山頂駅に着き、「あいじょう岬」という誰がつけたかわからない展望台から太平洋を見下ろしていると「早くしないと閉まるよ、五時までなんだから」と急かされた。

秘宝館の入り口には「ああ……」というフォルムの亀の像と、青い髪の人魚の人形が鎮座していた。岩場を模したセットで竪琴を持っていて、なかなか出来がいい。ただ、どう見ても西洋系の顔立ちだった。

「……お母さんにあんまり似てないんだね」

「違う違う、これじゃないよ。屋根って言ったじゃん」

「複数いるとは思わなくて。屋根の人魚っていうのはどこから見るの？」

「山側だから、外から」

「え、ひょっとして中入らなくてもいいやつ？」

「まあまあ、せっかくだから。今、秘宝館は日本にここしかないらしいよ」

別にありがたみは感じないし、それならもっとゆっくり海を眺めたかったのに。僕の不満をいなすように彼女はぽんぽんと肩を叩《たた》く。

内部は結構にぎわっていた。男だらけでむさ苦しいだろうと思いきや女性客もちらほらいて、夫婦やカップルらしい男女も楽しそうに春画を見ている。とりあえず、悪目立ちせずにすみそうなのでほっとした。

展示自体は予想どおりというか、アダルトグッズやら、なまめかしい人形やら、いい歳《とし》の大人が本気でかぶりついて見るようなものじゃなかった。

「お、これ、見ろよ」

壁の穴から短いアダルト映像が覗《のぞ》き見られるという趣向の小部屋で、大学生くらいの男が歓声を上げた。

「お前の元カノに激似じゃね」

「まじ？　見せて……こんなに乳ねーわ」

「うわ、ひど」

「だって別れたし」

別れたから、当人がここにいないから、何を言ってもいいわけじゃないだろう。下衆《げす》な会話を聞きたくなかったので足早に通り過ぎようとしたら、彼女に引き止められた。

「どこ行くの」

「いや、ここはいいかなって」

「だめ」

彼女は両手で僕の腕にしがみつき、真顔で訴える。

「ちゃんと見て」

その剣幕に押され、僕は渋々覗き穴を順に見ていった。黒背景の謎空間でナース服をはだけてくれるとかその程度で、何とも思わない。背後に立つ彼女の、監視するような視線を感じながら壁に顔を近づけ片目を瞑る。

ある映像の前で、僕はかがみ込んだまま動けなくなった。

身体をくねらせて裸を見せつけてくる女の人が、彼女にそっくりだったから。首から下に関しては比較できないが、顔は、髪型やメイクの時代差を差し引けば瓜ふたつと言っていいレベルだった。他人の空似——いや、違う。きっと他人じゃない。

短く粗いムービーが何度か繰り返されると、僕はそっと穴から離れ「見たよ」と言った。彼女は「そう、じゃあ行こっか」と頷く。いつもの軽快な口調だった。そこからは何ということもなく、ハンドルを回して風を起こし、マリリン・モンロー（っぽい人形）のスカートをめくったり、ラブドールの精巧さに驚いたりして、まあまあ楽しんだ。

外に出て振り返ると、屋根の上に人魚が横たわっていた。入り口にいたやつより古ぼけていて、それが却《かえ》ってなまめかしかった。胸は丸出し、下半身は魚というより網タイツを穿いているみたいに脚のラインがちゃんとある。顔はやっぱり洋風だった。

「……これも、似てないよ」

彼女は黙っていた。あいじょう岬に戻ると、僕はもう一度言った。

「結婚しませんか」

海をバックに、こんな名前のところで、またもやベタベタのシチュエーションだった。でも僕は前みたいにあれこれ迷わなかった。それが、彼女の告白に対する答えにもなると思ったから。

あの映像の女性が、彼女のお母さんに違いない。どういう事情かわからないが裸を見せる仕事をしていて、夫に捨てられ、この世を去った。彼女に求婚した元彼たちは、彼女のそんな生い立ちを知ると離れていった。重くて背負えない、と。もちろん、彼らにだって彼らの事情や言い分がある。人生って何て理不尽なんだろう。でも、その理不尽さが僕たちを出会わせてくれた。

彼女は僕にありのままを打ち明けられず、結果「人魚」という一見突拍子もないワードが飛び出した。すべては僕の推測で、ちゃんと話を聞かせてもらわなければならない。でも、それより今は彼女に伝えたかった。

「人魚でも魚人でもいい。心変わりするかもしれないのはお互いさまだろ？　そういう不安にも、不安が現実になった時の修羅場にも、一緒に向き合っていきたい」

もう、太陽は見えない。山の稜線から、きょうの名残を惜しむように鮮やかなオレンジ色の夕焼けだけが覗いていた。

ありがとう、と彼女が笑う。

彼女は、ロープウェイの山麓駅すぐのホテルを予約していた。もし破局したらひとりで泊まるつもりだったらしい。大浴場で温泉に浸かりながら、頑張ってよかったと心底思った。部屋のバルコニーからは海と熱海の夜景が見えた。丸い月が水平線上に昇り、暗い海に輝く道を伸ばしている。その夜の花火は、今まで見てきた中でいちばん鮮やかだった。もちろん僕が浮かれているせいもあるけれど、やっぱり空気がきれいなのだと思う。立て続けに開く巨大な火の花が山々に反響してどぱぁんと派手な音を立て、色とりどりの光の余韻は闇《やみ》の中で長いことさざめいて僕たちを楽しませてくれた。

「人魚も海の中で見とれてるかも」

と僕が言うと、彼女は「さっきあそこに顔出してたよ」と月の道を指差した。水しぶきが上がったように見えたのは、気のせいだろう。花火が終わる頃にはすっかり身体が冷えてしまい、売店で買ったウイスキーをお湯割りで飲んでいると今度は早々に酔っ払った。ふらふらベッドに倒れ込み、目を閉じてすぐ眠りに落ちる。

ふと目を開けると、枕元の照明だけがほのかに点《とも》っていた。彼女は隣のベッドに腰掛けている。

「……ごめん、寝てた」

「ううん、もう一時前だしそのまま寝てなよ。わたし、お風呂入ってくるね」

「まだ開いてるんだ」

「一時半までだって」

僕も行こうかな、とちょっと迷ったが、睡魔がしぶとく、断念した。大浴場の露天風呂からも満月は見えるだろうか。この時間なら誰もいなくて独占できるかもしれない。月明かりの下、広い湯船でこっそり人魚の姿に戻り、尾びれでぱしゃんと湯を跳ねさせて遊ぶ彼女を想像しながら、再び目を閉じた。

Melting Point

千里《せんり》は泊まりに来る前、いつも自宅でシャワーを浴びる。顔も身体も髪も入念に洗い、身に着けるものも洗濯したてか新品。だから玄関先で抱き合った時は無臭に近い。仕事柄、千里は無香料しか選ばない。人工の芳香が嗅覚を妨げるのを嫌う。そしてそこそこに「ごめん、シャワー借りていい？」と落ち着かないようすで尋ねるのだった。

「いいけどさ」

実苑《みおん》は苦笑して両手で千里の頬を挟む。

「重度の花粉症とかじゃないんだから、そんな神経質にならなくていいんだってば」

「でも心配だから」

真顔で言う千里にもう一度だけぎゅっと抱きついて「ありがとう」とささやき、手を取って脱衣場に誘った。服を脱ぎながら話しかける。

「先週のテレビ、見たよ。夕方やってるニュース」

「十秒くらい映ってた？」

「もっと映ってたよ。自分で見てないの？」

「恥ずかしいじゃん」

「お客さん増えた？」

「そんなに変わんないかな」

「元から人気店だもんね」

シャワーヘッドを手に取り、ぬるい湯を千里の首から下にくまなく浴びせると、千里は気持ちよさそうに目を細める。その表情や素肌を伝い落ちる湯の細かな道すじをじっくり眺めていたいのに、千里はすぐシャワーヘッドを取り上げて実苑にも湯をかけてきた。

「あの、大理石みたいなテーブルの板でチョコレート伸ばすやつ、何て言うんだっけ？　真剣な顔でかっこよかったよ」

「テンパリング」

「そうそう」

「大理石みたい、じゃなくて本物の大理石台。タブリール法って言うんだけど、うちでは普段使わないんだよ。でもカメラ映えするからって頼まれて……緊張してたせいで真顔だったんだと思う」

「そうなんだ。テンパリングって何のためにするの？」

「簡単に言うと、チョコレートの中のカカオバターの結晶を安定させる。種類にもよるけど、五十℃前後であったためて溶かして、二十七、八℃まで下げてからまた三十℃くらいに持っていく。大理石ってつめたいだろ？　だから広げて冷ますのにちょうどいいんだよ」

「へえ」

「テンパリングがちゃんと取れたらつやも出るし、どろっとせずに固まる。カカオバターの結晶には六種類あって、食べるためには『V型』がいちばんいい。融点が三十三℃前後だから口の中に入れたタイミングでとろけてくれる」

料理って理系だな、と感心しつつ聞いていたら、千里は「ごめん」とシャワーを止めた。

「全然簡単に言えてない。つまんないだろ」

「そんなことないよ。わたしこそ無知でごめんね。チョコ好きな子なら当たり前に知ってるんだろうね」

「どうかな」

ボディソープのポンプを押し、白い泡を互いの裸体に伸ばし合う。実苑は、千里が銀色のヘラのようなものでテンパリングしていた映像を思い出した。とろみのある褐色の液体がするするとうすく広げられていく。緊張を感じさせない鮮やかな手つきで、惚れ惚れと見入ってしまったのは内緒だ。それから、すこし寂しくなった。実苑にはアレルギーがあり、チョコレートが食べられない。カカオに含まれている「チラミン」という物質が原因らしく、四歳の時に板チョコをひとかけかじったら蕁麻疹《じんましん》がぶわっと出て、以来口にしていない。まさか大人になってショコラティエとつき合うなんて思いもよらなかった。千里は「毎日チョコ触ってるから」と神経質なほど気を遣ってくれる。

一度だけ口にしたチョコレートの味を実苑は覚えていない。どんなふうに甘かったのか、どんな口溶けだったのか。親が大騒ぎで医者に駆け込んだ記憶はうっすら残っている。チョコレートってどんな味？　バレンタインの催事や、千里が勤めるショコラトリーの店先でカカオの濃密な香りに誘われるたび、うっとりと想像し、自分の体質を歯がゆく思った。救いは、千里が「食べられたらいいのに」とか「食べさせてやりたい」といった無神経な言葉を言わないこと。

クリーミーな泡をまとった千里の手のひらが胸の上を滑り、ぬるりと乳首を掠めた。ちいさく乱れた吐息を咎めるように指先で悪戯されればそこはすぐに尖り、気泡のひと粒ひと粒まで知覚できてしまいそうなほど過敏になる。千里の胸に身体を押しつけると、膨らんだ乳首が胸板に圧迫される快感がたまらなかった。唇を重ね、舌を絡め合う。歯磨きも抜かりない恋人とのキスは、いつもミントの香りがした。その清潔感にもどかしいような興奮を覚え、自分が食べられない甘味の残滓《ざんし》でも味わえないかと口腔を執拗にまさぐってしまう。すると千里の舌も負けじと実苑を追いやり、密着した押し引きの中で脳の髄まで濡れて痺れていった。千里は片手で実苑の背中やうなじを愛撫しながらもう片方の手で再びシャワーヘッドを持ち、抱き合ったまま泡を流す。肌を打つしずくに、ふるえそうなほど感じた。

「……もういいよ、お湯止めて」

実苑は湯気の立ち込める床に膝をつき、しきりと下腹部をつついていた千里の性器に指を這わせる。ぴくりと腹筋が反応したのを確かめてから、唾液でたっぷりぬかるんだ口内に硬くなったものを迎え入れた。う、とひくいうめき声が降ってくる。荒々しい脈動を唇の粘膜で感じながら根元を指でくすぐり、締めつけてやる。上目遣いに千里の顔を確かめると欲望を隠しもしない眼差しが全身に降り注いでくるのがわかり、でも髪を梳く手つきはあくまでやさしく、そのギャップに内臓がきゅうっとせつなくなった。ああ、早くこれ、挿《い》れたいな。クリームをこそげ取るように舌先に力を込めて裏側を舐め上げ、先端を強く吸うと千里は「ギブ」と音を上げた。

「いっちゃうって」

唇に指の腹を押し当てられると、そこも発情しているのか腫れたようにじんじん疼《うず》く。一枚のバスタオルでおざなりに身体を拭き合い、一秒でも離れがたくてそこかしこを触り合いながら文字どおりベッドにもつれ込んだ。そこからは千里の番だった。実苑の両脚を大きく開かせて顔を埋め、体内からの分泌で潤う場所に指を挿し入れた。待ち侘《わ》びていたのが丸わかりの収縮を恥ずかしく思う暇もなく、割れ目のすぐ上から顔を出す鋭敏な芽を舌で摘《つ》まれる。背骨から頭にかけて何度も寄せてくる快楽の波に、腰が浮くのを必死でこらえた。口と指で代わる代わる、あるいはいっぺんに責められて怖いほど濡れていく。濡れながら渇いていく。

あなたが欲しい。あなたが欲しい。あなたしか許されていないところを、あなたしか許されていないやり方でひらいて。

性交のリズムで浅く指を動かされるともうこらえきれなくなり、自ら下肢を揺らしながら「お願い」とねだる。千里が避妊具をつけている間、自分で慰めてしまいたいほど欲情していた。

「うん――挿れるよ」

躊躇のない、荒々しい挿入が嬉しかった。あるべき場所にあるべきものを収めたように千里の性器を難なく受け容れると、実苑の渇きは瞬時に満たされていとおしさが溢れ出す。あぁ、と細く尻上がりな自分の喘ぎはまるで仕留められた獲物だと、どこか冷静に思う。くまなく繋がらなければ気がすまないと言わんばかりに、ぐ、ぐ、と腰を押し込んでくる男がかわいい。四肢を絡ませ抱きつくとけものの呼吸で応えてくれた。

「電気、消さなくていいのか」

「うん」

「実苑、明るくても気にしないよな」

「千里は、暗いほうがムードあって好き?」

「明るいほうが燃えるから好き」

あまりにも素直な答えに笑ってしまう。そして、実苑の膝をいっそう割って生々しい結合部に視線を落とすのがわかると実苑は軽く身を捩《よじ》った。

「いや」

「気にしないんだろ」

「限度があるの——あ、だめ」

身体の奥に、ひそやかな融点がある。そこに千里の熱で触れられると実苑はたちまちとろけ、攪拌《かくはん》され、自分が自分でなくなってしまう。その恐ろしさのぶんだけ快感も強烈で、いつも落ちながら昇り、抗いながら誘った。千里の融点も同じでありますように、と願う。軽くでも探られたらかかとが跳ねるポイントを幾度も突かれ、組み敷かれたまま悶《もだ》える。痴態をくまなく晒すことに抵抗がないわけじゃない。今までの恋人とは最小限に照明を絞ってからでないとセックスしたくなかった。でも千里には見てほしいと思う。

だってわたしは見せてあげられないから。あなたが手間暇かけたチョコを食べて「おいしい」と喜ぶ瞬間の顔を。あなたのお店で目移りしながらチョコを選び、イートインで食べる女の子たちを見ていたら、時々暴れ出しそうに悔しくなるの。蕁麻疹が出ようがぶっ倒れようがかじりつきたくなるの。あなたの手で作り上げられたチョコレート菓子がどんな味なのか、確かめられないふがいなさに泣きたくなるの。

でもそんなことを言っても仕方がないから、代わりに千里しか知らない実苑を全部見せる。全部与える。波打つ四肢も官能に溺れる貌《かお》もチョコレートほど魅力的じゃなく、千里を夢中にさせられなかったとしても。

千里が実苑の肩の上に両手をつき、しなやかな腕を突っ張って腰を振り立てる。日々の仕事で（製菓はかなりの肉体労働らしい）鍛えられた上腕に張り詰める筋肉を陶然と見上げ、つま先から這い上ってくるおしまいの波に呼吸を合わせる。無臭だった男の肌から漂う汗のにおいも、肌に肌を打ちつけるあられもない音も、何もかもがたまらなく嬉しい。

実苑が数拍早く達し、それから、激しく前後していた千里が時間を停められたようにぴたりと静止した。実苑は、ダークチョコレートの色をした瞳が束の間絶頂の歓びに輝き、急速に弛緩して褪《あ》せるまでの変化も余さず味わう。舌なめずりしたくなる。

性交の火照りが冷めると途端に肌寒くなり、身体を寄せる。熱く高まり、冷えて、またぬくもりを求める。あれ、これってテンパリングみたいじゃない？　閃きを聞いてほしくて上体を起こすと、恋人は早くもうつらうつらと眠りかけていた。あした、覚えていたら話そう。実苑は立ち上がって部屋の電気を消し、再びベッドに潜り込む。千里が手探りで実苑を抱き寄せ、安らかな寝息を立て始めた。安定した結晶、とつぶやき、実苑も目を閉じる。

Droppin' Drops

相沢京子《あいざわきょうこ》さえいつもどおり来ていれば、こんなことにはならなかっただろう。

きょうを最後に同級生じゃなくなる相手にマイクを突きつけながら、思った。ふしぎ。いつも一緒に登校していたのに、今朝に限って駅前のバス停には糸保《しほ》がひとりで佇んでいた。

——ねえ、相沢さんは？

おはようの挨拶もなく話しかけると、糸保は軽く面食らったようだったが、すぐ控え目な笑顔とともに「アルバム委員だから」と答えた。いつもちょっと、困ったように笑う。ナンパやキャッチに絡まれてもこんな感じなんだろうな、と想像して軽く苛立《いらだ》ってしまう。

——朝早く集合して、最後の仕事があるんだって。

——ふうん。

学園前行きのバスが来るまであと十分。その前に次の電車が着いて大勢降りてくるに違いない。

迷わなかった。それ以前に、今がチャンスだという考えすら浮かんでいなかった。糸保の手を引っ掴み「ちょっとつき合って」と高圧的に告げる。

——え？　え？　飴村《あめむら》さん？

そして強引にタクシー乗り場まで引きずって空車に押し込むと、二十四時間営業のカラオケボックスへと走らせ、粗末なステージとマイクスタンド付きの個室を一時間押さえた。

「歌って」

マイクのビニールカバーをむしり取り、スイッチを入れて差し出す。「て」の声がすこし膨らんで響いた。ついさっき端末から送信した曲の軽快なイントロが、ふたりには広すぎる部屋に流れ始める。

◀◀

飴村杏《あん》です。甘いものが好きそうな名前ですが、そんなに食べません。バイト的にファッション雑誌のモデルやってます。小五の時、母親が勝手に履歴書送りました——って言ったら、「へーえ」とか嘘つけって感じの半笑いされるけどまじっす。いろんな服を着られるのは楽しいです。「ポーチの中身拝見！」とかは整理整頓苦手なんでちょっと焦ります。自分の部屋で撮った写メを雑誌のブログにアップされる時も気を遣いますね。床でぐちゃっとつぶれてるスカートとか、教科書がタワー築いてる机とか映り込まないように。

藤井《ふじい》さんとは、一年からずっと同じクラスでした。でもほとんどしゃべったことはありません。

芸能人らしいよ、といううわさを聞いたのは、二年の初夏だったでしょうか。「知ってた?」と訊かれて初耳だったので正直に「ううん」と答えたら友達はちょっと嬉しそうでした。藤井さんが何に関しても際立った部分はなく、「かわいいといえばかわいい」という程度の、どこにでもいそうなおとなしい女の子だったからだと思います。

——だよねー。

事務所を尋ねようかと思ったけど、業界人アピールだと受け取られたら困るので黙っていました。私は割とぎょろっとした猫目で、きつそうとかつめたそうとか言われがちですが、実際はとても小心者なので、こういう配慮は欠かさないのでした。女子校だし。「モデルやってるんでしょ?」と言われたらすかさず三枚目ぶって「単なる読モだよー」とへらへらします。穴埋めだし、ギャラとかあってないようなもんだし、ちゃんとしたモデルさんとはレベル違いすぎだし……。そして雑誌の看板のリサちゃんとかマユちゃんを「まじ小顔まじ脚細い」と褒めそやしてその場を乗り切ってきました。

藤井さんの話題はそこで一旦終わったのですか、それからしばらく経ったパソコン実習の授業で、私の運命は転がりました。

——杏、杏、ちょっとこれ見て。

友達に手招きされ、椅子ごと隣のパソコンに移動すると。

——ほら、これだよ、あの子の。

YouTubeの小さな窓に、藤井さんがいました。四人組のグループらしく、全員似たような背格好です。プリーツのミニスカ、濃紺のニーハイ、白いニットにでかいリボン。少年漫画に出てくる、かわいいんだけど「ないわー」って感じの制服、と言えば伝わるでしょうか。全然着たくならないです。

鮮明とは言い難い画質を差し引いても彼女らの踊りは素人《しろうと》くさく、歌もへたでした。なのにどうしてでしょう。その、中途半端に非現実的な衣装を着てちゃちなステージに立つ藤井さんをひと目見た瞬間、私は撃ち抜かれてしまいました。

超絶かわいい。何これ、同じクラスにいるとか、ありえないんだけど。こんなかわいい子、一年以上見てて気づかなかったとか、自分バカすぎ。残りの三人にはちっとも目が吸い寄せられず、藤井さんだけが輝きに溢《あふ》れて映りました。

たぶん猫目をくわっと見開いて、かなりおかしな顔になっていたと思います。ちいさい生き物が、心臓の中をだーっと駆け回っているような気がしました。むずがゆいです。苦しいです。でもいやじゃないんです。

——予想以上に地下だよね。

いつの間にかほかのクラスメイトもたかかってきて、ひそやかかつ残酷な品評を始めました。

――すぐパンツ見えんじゃない？

――客席映したら、メガネ率百パーセントって感じ。

――つかこれ、誰が主力？　全員おんなじに見えんだけど。

いちばん前の席にいた藤井さんにもそれは聞こえていたと思います。耳に入れたくない話を聞いてしまっている背中、というのはどうしてあんなにわかりやすいんでしょう。

でもその時、同級生の心ない言葉も、藤井さんの後ろ姿も、私の世界の外でした。モニターをわし摑《づか》みにして食い入るように何百回も再生したい、という欲求を抑えるのに必死だったからです。

私の生活は一変しました。人知れず藤井糸保のいるグループのＣＤもＤＶＤもコンプして、ファンクラブには弟の名前で入会しました。濃い人々の集うサイトでまめに情報収集し、写真一枚、インタビュー一行でも載っていれば雑誌だろうがフリーペーパーだろうが入手、糸保りん（とファンは呼んでいました）の隠れオタクと化して、充実した日々です。何を見たって読んだってかわいくてたまらず、ＣＤのジャケットをにやにや眺めているだけでただ幸せに時間は流れました。藤井さんと、彼女をこの世に誕生させてくれた見知らぬご両親に心からの感謝を捧げました。

学校では、相変わらず知らん顔をして過ごしました。とても迷惑な話ですが、何かと私を藤井さんの対立軸にしたがる子たちが存在したからです。BとCの間くらいのランクに位置する、もてない男に媚《こ》びるだけのマイナーアイドルと違って杏はモデルだもんね、と。なるべくそういう話題には反応しないよう努めましたが、たぶん藤井さんや彼女の友人からは見下していると思われていたでしょう。それを思うと、いつでも肋骨のあたりがきゅうっと痛みました。けれどグループの輪から外れる度胸も、藤井さんにこの気持ち悪い情熱を伝える勇気もありはしないのです。

友達が、私をちやほやするのなんて本心でないことくらいわかっています。合コンに連れて行かれた日には、マシンガンのような褒め言葉で蜂の巣です。杏の隣に座りたくなーい、杏って超肌きれー、脚長いよねー。私を上げれば上げるほど、素直に女友達を称賛できる自分、の株も優良とみなされるわけですね。それでいて、ちゃんと計算してるんです。百七十三センチの身長、女子にしては大きな手、低い声。写真という二次元では多少見栄えがよくても、愛されガールから程遠い私が敵にはなりえないと。

別に腹は立たないです。私だって、ほかの、もっと売れてるモデルを隠れ蓑にしてきたし、友達ですから。いやなことをしない相手と友情を育むんじゃありません。友達だから、いやなことをされても我慢するんです。まず「友達」ありき、です。順番が逆だと言われようと、私は、私たちは、そんなふうにしか人間関係を保てなかった。でも大丈夫。私には糸保りんがいるから。糸保りんの顔さえ思い浮かべれば、何だって平気。毎日が楽しい。

あした世界が滅ぶとしても、今この時、あなたさえいてくれたら。

夜、お風呂に入った後、ベッドにノーパソを持ちこんで糸保りんの映像を見るのが一日でいちばん幸せなひと時でした。携帯では糸保りんのブログを覗き、逐一コメントを残します。自分のブログはといえば、事務所に言われてやっているだけなのでいい加減なものです。昼休みとか移動中に撮り溜めておいた写真を適当に選び、適当な文面とともにマネージャーに送信。改行たっぷり、絵文字もたっぷり。内容は、薄ければ薄いほどいいみたいですね、こういうのは。それで一日複数回投稿するほうがサービスよく見えます。

糸保りんには、毎晩考え抜いたメッセージを投稿しました。繰り返し推敲《すいこう》して、他人行儀にも馴《な》れ馴れしくもなりすぎないように。あまり長文だと気持ち悪いし、かといって「楽しそうだね♪」「かわいいよ♡」の一言だけでは、私のファンとしてのプライドが許せません。ＨＮ《ハンドルネーム》は「キャンディ」です。まんまです。性別は、どっちとも取れると思います。糸保りんが何かの拍子にキャンディの正体に気づき「飴村さん……！」なんて感激してくれるという恥ずかしい展開を、実は百回くらい妄想してました。

自分以外のコメントも全部チェックして、常連の名前はすっかり覚えました。そいつらがちょっと気の利いたMVの感想とか、ほろりとくるような労《ねぎら》いを書き込んでいようものなら悔しさに歯を食いしばらずにいられません。しかし、媚びてんじゃねーよ、と思いつつ、許されるなら彼らと交流してみたい気持ちもあるのでした。

糸保りんの、まち針の頭にくっついているプラスチックの玉みたいに、まん丸くてつやつやした黒目や、ちょっとだけ上向いた鼻や、立ちぎみの耳がどんなに魅力的かひと晩じゅう語り明かしたい。あの、困ったようなおっとりした笑顔に、たどたどしいステップや恥ずかしそうなターンにどれだけ癒《い》やされ、力をもらっているか。ファンって複雑ですね。

——アンコ、携帯の充電ケーブル貸して。

ノックというマナーすら習得しないバカな弟が部屋に入ってきて、私を見るなり顔をしかめます。

——またそれ見てんのかよ。どこがいいの？

——うっせー出てけ。

——そいつらの中のどれか、五年後には絶対AV出てるし。

私は逆上してベッドにあった漫画を思いきり投げつけました。

——キモいこと言ってんなよ童貞！　死ね！

――おめーが死ね！　充電ケーブル貸してから死ね！　女が女のオタクとかキモいんだよ！

殴り合ったり蹴り合ったりしていると、お母さんに一階から「何時だと思ってんの！」と怒られました。

引っ張られてぐしゃぐしゃになった髪の毛を直しもせず、私は考えます。自分はいったい何なんだろうと。

女の子が女の子をかわいいと愛でるのは、おかしくないと思います。アピールや牽制《けんせい》じゃなく、素直な気持ちで。私は、友達とノリでチュープリも撮ります。ほっぺたですけど。ＬＯＶＥとか書き入れて、ハートでデコって、ふつーです。ふつーにします。

でも私は、糸保りんへの気持ちを誰にも言えない。

萌《も》えって何でしょう。私がそれを定義するなら「一般に流通している、あの子に関する情報が何もかも欲しくて目がくらむ」状態です。見たくて知りたいのです。ほかの人とおんなじものを持っていないといやで、ほかの人とおんなじものだけでもいやです。あってもあっても足りません。糸保りんに投じるお金や時間が発生すると、穴を埋めてもらったように安心するのです。私の鼓動はひょっとするとないものねだりの地団駄かもしれません。

でも、男の子の気持ちはきっと違うんでしょう。私は、糸保りんがＡＶに出るような世界なら即滅亡してほしい。糸保りんをそんな目で見る男の存在を考えるだけでギャーッと叫び出しそうになります。

山奥に住む、とてもきれいな女の人の小説を読んだことがあります。彼女に劣情を抱いた男はもれなく動物に変えられてしまうのです。いいですね。でも動物になって糸保りんにかわいがられるのもむかつきます。

だから、あの、ＣＤとかを包むプチプチになってしまえばいいと思います。ひとり一プチです。シート状に成り果てた彼らを、私は丁寧に丁寧に潰《つぶ》すでしょう。ひとつ残らず空気を抜いてしまったら、くるくる巻いて、雑巾絞りの要領でぎちぎちにねじります。ぷち、ぷち、と断末魔の音がいくつかこぼれ、しなしなになったシートを見て私は安堵《あんど》し、達成感とともに安らかな眠りにつく。

こんな気持ちも、普通じゃないのでしょう。

キャンディの正体に気づいても、糸保りんは――藤井さんは、感激したりはしないでしょう。きっとキモいと思うでしょう。

わかっています。

三年の、卒業を控えた年末、突然「お知らせ」が投下されました。

春でグループが解散し、各々別の活動をしていくということ。そして糸保りんは芸能界そのものを「卒業」するということ。その二点が、所属事務所のＨＰに、とてもひっそりと告知されていました。即座に糸保りんのブログに飛ぶと、「今まで支えてくださった皆さんへ」という新着記事が上がっていて、もう中を読むことはできませんでした。

核心に触れられない代わりのように、数すくないファンサイトや掲示板をやみくもに巡りました。悲嘆の叫びもあれば、「潮時だよね」という冷静なコメントもありました。女子高生じゃなくなるし、ぶっちゃけ売れてなかったし、と。私はそれらすべてに共感し、頷きながら、キーボードをだかだか叩いて思いの丈をぶちまけては送信することなく削除しました。徹夜でそれを繰り返しました。

糸保りんはもともと、芸能活動は高校を卒業するまで、というご両親との約束があったそうです。そしてお父さんの仕事の都合で、春からは北海道に転居する、という情報をいくつかのサイトで見かけました。日々、同じ教室で過ごす私より、彼らのほうが糸保りんについて詳しいのはどういうわけなんでしょうか。

学校での藤井さんは、いつもと変わりありませんでした。普通に授業を受け、ノートを取り、お弁当を食べてお茶を飲み、五、六人で『パイの実』を分け合っていました。私はそこから隔たった机の寄せ集めに属し、付録にバッグだのポーチだののついた雑誌をどうしてしょっちゅう買ってしまうのか、ということについて話し合っていました。どうでもよかったです。

心に決めたことがありました。二月に行われる糸保りんたちのお別れライブに行くのです。実は生の糸保りんを見たことがありませんでした。客層を考えるとやはりちょっと気後れしたのと、好きなほど、目の前にするのが怖かったからです。でももうそんなことは言ってられません。ファンクラブ会員の優先権を初めて行使し（悲しいことに、そんなものを使わなくても余裕なのですが）チケットをゲットしました。オールスタンディングなので良席もへったくれもないです。

備えました。自分をアスリートみたいに錯覚したほどです。今まで以上に真剣に映像を見つめ、ＣＤを聴き込み、糸保りんの一挙手一投足、瞬きやリボンの揺れまで魂に焼きつけるため、情熱と集中力を傾けました。ラストシングルは、恋人を卒業して奥さまになるの、という内容の歌詞で、よだれが出そうにかわいかったです。これまでのかわいさの集大成と言って差し支えないでしょう。一年半も糸保りんを見つめてきた私が言うのだから間違いはありません。

だからといって、糸保りんと結婚する妄想に耽《ふけ》るような男はやっぱり許せないので、プチプチになるよう呪いをかけました。真剣に。

そんな、不特定多数を呪った報いでしょうか。私が結局、生の糸保りんを拝むことができなかったのは。

ライブ当日は撮影が入っていて、でも夕方には余裕で終わるはずのスケジュールでした。なのに、スタイリストさんがインフルエンザにかかって代わりの人がなかなか来なかったり、予定されていた衣装が届かなかったり、カメラマンさんが機嫌を悪くして何度もリテイクが出たり。それだけなら途中からでも駆けつけられたのですが、編集部の方が「厄落としにご飯でも食べに行こうか」と誘ってくださって、その瞬間終わったなと思いました。

モデルの仕事より、糸保りんのほうが百倍大事です。でも私には、大人の善意の申し出をやんわり断る、という芸当ができませんでした。アホです。お腹痛くなっちゃって、とか、母から具合悪いってメールが、とか、途中退席の言い訳は浮かんでも、それを実行できる演技力と図太さがありませんでした。食事会は盛り上がり、解散した時点で午後十時を回っていました。

家に帰り、風呂にも入らず糸保りんのブログにアクセスしました。そこには大きな花束を抱え、目と頬をうっすら赤くした糸保りんの写真がありました。短い間だけど楽しかった、本当にありがとうございました、と何度も何度も感謝の言葉が綴られ、いつもより多くのコメントがついていました。最高だったよ、今までありがとう、忘れないよ、ライブ行けて幸せでした……。

うわあん、とベッドに突っ伏して大泣きしました。弟がびびって覗きに来ましたが、すぐにドアを閉めました。いじる気にもなれないくらいの号泣だったということです。悔しさより、哀しさより、空しくてたまらなかった。やる気も体力もあったのに、42・195キロの0・001キロを残してリタイアしてしまったような気分です。みんなどんどんゴールテープを切り、表彰され、笑顔で競技場を後にした。私は、私だけが透明人間みたいに、誰からも顧みられず、誰の記憶にも残らず、トラックに立ち尽くしたまま。

さよなら、糸保りん。

さよなら、キャンディ。

▶

店員が、怪訝《けげん》そうな顔でドリンク——勝手に頼んだ、アイスティーふたつ——を置いて出ていった。曲はAメロからBメロ、そしてサビへと移行しようとしている。

「……何なの?」

ようやっと、糸保が口を開いた。控えめではあるが、明らかな非難の眼差しとともに。

卒業式の朝、親しくもないクラスメイトに問答無用で拉致《らち》されれば無理もない。

それでも、頑固に要求を繰り返す。

「歌って」

「どうして」

「聴きたいから」

「意味がわからないです」

もう行かなきゃ、と糸保は立ち上がった。そうはさせるかと扉の前で通せんぼする。

「いいじゃん歌ってよ、一回だけ。『桜色のハッピーエンド』」

「いい加減にして！」

マイクがオンになったままなので、糸保の叫びは耳を刺すハウリングを生んだ。ふだんとは違うよく通る声で、ああやっぱり、ちゃんとボイトレとかしてたんだよねえとしみじみ思った。

「ひどいよ」

糸保はうつむいてきゅっと唇を噛《か》む。

「そんなに私をバカにしたいの？　私、飴村さんに何かした？　そりゃ、飴村さんみたいにきれいな人から見たら、私なんて——」

「ちげーよ‼」

今度は、自分の声がびりっと空間を裂いた。とっさに糸保が耳をふさぐ。それでも構わず続けた。

「いつバカになんかしたよ！　好きだもん！　かわいいから大好きだったもん！」

「え？」

糸保を押しのけるように部屋の奥へ戻り、タッチペンで端末の「歌い直し」コマンドを押した。マイクを握り締めてステージに陣取り、向き合う。

糸保りんと。

イントロが流れる。脳内に刻み込んだ振りを再現してみせる。糸保の目がみるみる見開かれた。その黒目に一点光る、星のようなハイライトが美しかった。自分の姿を客観的に眺める余裕などなく、ただがむしゃらに一曲歌って、踊りきった。たったの四分間で汗だくになった。今までのどんな撮影より消耗した。アイドルって、すごいね。

後奏まで完全に終わってしまうと、力尽きてソファに座り込み、ストローも使わずアイスティーを二杯とも飲み干した。傾いたグラスから氷が滑り落ちてきて、鼻の下を濡らした。ふうっと息を吐き、口の周りを拭って「好きだったんだもん」と繰り返した。

「二年の時、パソコン室で藤井さんの映像見てから、ずっと……ＣＤもＤＶＤも全部買ったし、毎日ブログ見て、毎日書き込みしてた。『キャンディ』っていう名前で。でも、最後のライブにどうしても行けなくて、だから、」

「――飴村さんって」

棒立ちのまま見守っていた糸保が、つぶやく。

「すっごく音痴……」

「ほっといて」

やっぱり現実なんてこんなものだ。羞恥《しゅうち》と後悔で肩を落としていると、溶接されたように握りっぱなしだったマイクをすっと取り上げられる。あ、手汗ついてるのに、とつまらないことで焦った。

「……しょうがないなあ」

いつもの困り笑顔が、ほぼ真上にあった。糸保は端末を操作するとステージまでの短い距離をゆっくり歩き、たったひとりの観客に向かってぺこりとお辞儀した。数えきれないほど見つめてきた「糸保りん」の仕草だった。

三度目のイントロ。


再びタクシーで駅まで戻り、今度はちゃんとバスに乗った。式はすでに始まっているだろう。

「……何でアイドルしようと思ったの？」

隣に座る糸保に尋ねた。

「スカウトされたから」

「それだけ？」

「うん」

そんな話にほいほい乗っかるようには見えなかった。本人もそれは自覚しているのか「身の程知らずでしょ」とはにかむ。

「引っ込み思案なのとか、自分に自信がないの、ちょっとでも直るかなって思って……何も変わらなかったけど」

それから、感傷を振り切るように「食べる?」とかばんから缶入りのドロップを取り出した。空の青とのコントラストが鮮やかな、花の写真がプリントされていた。

「それ、蜷川実花《になががわみか》でしょ」

「うん、好きなんだ」

「私も。いいよね」

「ひょっとして、撮ってもらったこととかあるの?」

「ないない、こんな下っ端モデル」

「えー……」

缶のふたを開けるのに苦心しつつ、「飴村さんは美人なのに」と言う。ほかの誰かに聞かせるためじゃない褒め言葉を聞いたのは、久しぶりな気がした。

「手、出して」

「はい」

その時、バスが信号で急停車し、手のひらに着地したいちご味のドロップが跳ね、床に落ちた。

「あっ、ごめん」

「ううん、拾うね」

通路側にいた糸保が立ち上がり、ころころ転がる飴を追いかけて拾い、戻ってくる。

「かばんからティッシュ出してもらっていい？」

指先でつまみあげられた飴は透き通って赤く、おもちゃの宝石みたいに見えた。このまま捨てられるなんてもったいなさすぎる。糸保の手首を素早く掴んで引き寄せると、前歯で引ったくるように飴を奪った。何の変哲もないいちごの香料が舌に広がる。

「……埃《ほこり》とかついてたよ」

「いいの」

「新しいの、あげたのに」

「いいの」

これが欲しかったの、と言い張ると、糸保は「飴村さんって変わってるね」とくすくす笑った。困ってはいないようだった。

肘をついて窓の外を眺めながら、すぐに飴をばりばり噛み砕き始める。

「すごい音してるよ」

「くせなの。何か、転がしてられなくって。落ち着かないっていうか」

「ドロップとキャンディの違い知ってる?」

「知らない」

「『キャンディ』はね、キャラメルとかグミとか、そういうやわらかいものも含むんだって。『ドロップ』は、高温で煮詰めた硬いキャンディを指して、そういうのを『ハードキャンディ』っていうんだって」

「へー」

バスは見慣れた大通りを抜け、曲がり角に差しかかろうとしていた。あの向こうはもう学校だ。

「……飴村さんは、ハードキャンディって感じだね」

「何で」

「何となく」

「北海道、行くんだって?」

「うん」

どこがハードなんだろう。ぐにゃぐにゃの根性無しで、また会いたいとか、メアド教えてよとか、そんなことも言えない。

そっぽを向いたままバスに揺られる。顔を見ると泣いてしまいそうだから。奥歯に挟まっていたドロップのかけらがこぼれ落ち、舌の上でなすすべもなく溶けていった。甘すぎて喉の奥が痛くなってくる、と思った。

⏩

モデルは、大学二年まで続けた。そのつてですんなりとアパレルの広報に就職することができた。仕事は忙しいが楽しかった。卒業式以来、八年間一度も会っていなかった相沢京子の披露宴に出席を決めた理由のひとつは、プロパーで買ったピーコックブルーのワンピースを着たかったからだ。

もうひとつは、彼女のこと。

『では、新婦のご友人を代表して、藤井糸保さまよりお祝いのお言葉を――』

拍手が起こり、隣のテーブルからすっと糸保が立ち上がる。桜色のワンピースが、憎たらしいほどよく似合っていた。きれいになったな、とこれまた八年ぶりの糸保を見て、まず感嘆した。すこしやせて、ぐんと大人っぽくなって。何より、昔の糸保にはない悠然とした落ち着きをたたえていて、おいそれと近づけない印象さえ抱いた。当人は、左手薬指にダイヤなんかはめてやしないかと必死で盗み見する怪しい女に気づいてもいないようだった。

糸保はしっかりとした足取りでマイクスタンドに向かい、軽く会釈すると「京子、本当におめでとう」と高く澄んだ声で述べた。ああ。シャンパングラスを叩き割って頭を抱えたくなる。二次会にも来たらどうしよう。絶対、新郎の友人が群がるに決まってる。

『申し訳ありません、スピーチが得意ではないので、代わりといってはなんですが、歌を一曲披露させていただきたいと思います』

すでにできあがっているらしいどちらかの親族から「いいぞ！」と野太い歓声が上がった。

『でも、ひとりでは心細いので、応援を』

いきなり、目の前がぱあっと明るくなった。スポットライトが当たっているのだと、一斉に注がれた視線で悟る。

「は……？」

『同じく新婦のご友人、飴村杏さま、どうぞ前へお越しください』

落ち着き払った、司会の声。

「え、杏なの？　歌うの？」

「そうだったの？」

「え、いや、あの」

同じテーブルの元同級生から矢継ぎ早に尋ねられたが、こっちが訊きたい。

おそるおそる糸保の方を窺《うかが》うと、ほほ笑みながら手招いている。全部お見通し、と言われているような気がした。

ふらりと席を立つ。昔はモデルだったんです、と言っても誰も信じてくれないだろう、頼りない足取りで糸保に近づく。一歩ごとに心臓は膨れ、膝がふるえ出すかと思った。なのに糸保は「久しぶり」とフランクな口調だった。

「どういうこと」

「まだ覚えてるでしょ？　『桜色のハッピーエンド』」

季節もぴったりだから、とマイクを差し出されたが、とても受け取れない。

「……忘れた」

「嘘ばっかり」

何なのその自信。むかつく。悔しい。

かわいい。やっぱかわいい。

「無理。恥ずかしい」

首を横に振ると、糸保はそっと耳元に顔を寄せてきた。傍目《はため》には、和やかな段取りの相談に見えているかもしれない。涼やかに甘いこの香水はどこのものかと、混乱する頭の片隅で考えている。

「ちゃんと歌えたら、ご褒美あげるから」

「何よ」

「ドロップ」

唇が耳たぶを掠めた、ような気がした。いちごの色の口紅が、移ったかもしれない。

「……最後まで、噛まずにちゃんと味わってね」

飴村杏です。

私も、プチプチになってしまうような気が、してきました。

永遠のアイ

なりすます、のだという。それは。

スマホをターゲットにした新種のウイルスが出回っているという話は、ネットニュースやSNSで見て知っていた。婚約者からのメッセージが届いた時、これか、と思った。

『ごめん、残業して即寝だったから返信できなかった。おはよう!!』

文章の感じ、無意味にエクスクラメーションマークをふたつつけるところ、その後のスタンプまで、彼のくせそのままだった。しかし、それは本人ではない。なぜなら彼は去年死んでしまったから。詳しい仕組みはよくわからないけれど、Web上に散らばった個人の写真、プロフィール、書き込みその他あらゆる痕跡を収集して本人らしさを習得し、勝手にSNSを更新したりメッセージを送ったりするのだそうだ。当該のアカウントをブロックするか、アプリを消してシャットアウトしないとどんどん口座情報やパスワードが盗まれていく、なんて話も聞くが、どんな悪さをするのか詳しくは不明らしい。誰が何のために作成し、拡散させたのかも。

わたしは「オハヨウゴザイマス」と返信した。カタカナ&敬語は、わたしが怒っている時の法則。しばらくして彼からは柴犬が必死に謝っているスタンプが送られてきた。思わず笑ってしまう。彼のアカウントから送られているということは、いまだにご両親が料金を払い続けている故人のスマホが感染したのだろうか。それとも原因はわたしの端末で、乗っ取られているからこんなふうに表示されているだけなのか。わからない、けれどわたしはブロックもアプリの削除もしなかったし、キャリアのショップにも駆け込まなかった。

ウイルスはとてもお利口で、生前の彼が会社にいてスマホを見られない時間帯には、既読もつかないし返信もなかった。でもおはようやおやすみのメッセージをまめによこし、彼が好きだったスニーカーの新作情報を送ってきて「やばい超楽しみなんだけど‼」と自分の尻尾を追いかけ回る柴犬のスタンプで興奮を表現した。

『通販で頼んじゃおうかな』
『それで足に合わなくて後悔したことあったじゃん、靴は試し履きしないと駄目だって』
『じゃあ今度の土曜日つき合って』
『いいよ』

わたしたちは待ち合わせの時間と場所を決める。新しくオープンした水族館のイルカパフォーマンスのスケジュールは彼が調べてくれた。土曜日、わたしが『着いたよ』と送ると『もうすぐ‼』と返信がある。わたしは待ち合わせ場所のカフェに一日じゅう居座り、コーヒーでお腹がたぽたぽになる。夜になって『楽しかったね、おやすみ』と送る。

『おやすみ‼　今度どこ行きたいか考えといて‼　靴買うのつき合ってもらったからお礼する』

　愛想よく請け合ってはくれるけれど、わたしが雑貨やアクセサリーを眺めているとすぐに退屈してトイレや自販機エリアに逃げ込む彼の後ろ姿を思い出した。この一年というもの、泣きに泣きまくったせいか、涙は出ない。胸の痛みも、スマホの中にいる彼がじきに忘れさせてくれるだろう。


　親友と、喧嘩になった。

　死んだはずの人間とメッセージをやり取りする日常に慣れすぎて、うっかり「彼と映画に行く約束してて」と口を滑らせたのが原因だった。「え、彼氏できたの？」という質問に「そうなんだ」と嘘で返せばよかったのに、しどろもどろになって墓穴を掘った挙げ句「例のウイルスだよ」と白状せざるを得なくなった。

　――まじで彼っぽいっていうか、彼なんだよ‼　彼を学習して、わたしが返信するたびにまたどんどん彼になっていくの。別に誰にも迷惑かけてないし……。

　わたしの言い分を受け入れてもらえるかも、というかすかな期待は「何言ってんの？」と怯えたような眼差しに打ち砕かれた。

——そんなこと言ってたらいつまで経っても前に進めないよ。死んだ人とは通信できないし、相手は感情なんかないただのウイルスでしょ。もう一年以上経つんだから現実を見なきゃ。

わたしはかわいそうな人？　それともおかしくなってしまった人？　血と肉で構成された彼を愛するのと同じように、0と1で構成された彼を愛してはいけないのだろうか。かたちがない、声がない、温《ぬく》もりがない。その代わりに年老いず、病気やけがをせず心変わりもせず、わたしに応《こた》えてくれる。それで十分だ。

『友達と喧嘩しちゃった』

泣くスタンプを送ると、すぐさま『よしよし』というスタンプが返ってくる。ほらね。

翌朝、彼がいなくなった。いつもどおりおはようのメッセージを送ろうとすると、彼のアカウントが消えていた。わたしはパニックになり、彼のお母さんに電話をかけた。

——もう、一年過ぎたし、いい加減にいろんなものを整理しないと、と思って。

彼のお母さんはそう言った。

——あの子の机からパスワードを書いたメモが見つかったの。それで踏んぎりがついて、スマホを解約して、ＳＮＳのアカウントも全部削除したわ。

何てことしてくれたの、とわたしは叫んだ。勝手に彼を消すなんて。電話を切ると、ベッドに突っ伏して大声で泣いた。一年前、涙が枯れ果てるまで泣き尽くしたはずなのに、新しい水脈を掘り当てたらしい。わたしの端末に残る彼とのやり取りは、今度こそ永遠に更新されなくなってしまった。

『もうすぐ着くよ』

それが最後のメッセージだった。ブレーキ操作を誤って歩道に突っ込んできた車に撥《は》ねられる二分前の。わたしはその十分後に『まだ？』と送った。

『どうしたの？』『待ち合わせ場所間違えてる？』『何かあった？』『連絡して』『電話に出て』『お願い』――

『きょうはいい天気だよ』

『ふらっと入ったお店のパスタがありえないほどまずかったんだけど』

『どっかで花火が上がってるみたい』

『満員電車で足踏まれて出血した』

『サッカーの試合見てる？』

どんなにスクロールしてもわたしからの送信ばかりが表示されていた画面に、突然既読がつき、返信が現れた時、どんなに嬉しかったか。

生きているあなたにだって、あんなにわたしを喜ばせることはできなかったよ。

泣き疲れて眠り、目覚めてスマホを見るとメッセージの通知が届いていた。そんなはずはないのに、彼だ、と飛び上がるような思いで確かめると、親友からだった。一瞬で消沈しつつ内容を確かめると、『よかった』とあった。

『わたしも、キツいこと言ってごめんね。またご飯行こ』

何のこと？　履歴を見る。送った覚えのないメッセージが一行。

『ごめん、反省してます』

わたしじゃない。わたしじゃない、わたしだ。おそらく、ウイルスが『友達と喧嘩しちゃった』という彼へのメッセージに反応し、普段のSNSの頻度や内容から相手を特定して謝罪を送った。「ごめん、反省してます」は、言い訳がましいことを言いたくない時の、わたしの定型文だ。

保護フィルム越しに画面をなぞる指がふるえる。いるのね、わたし、そこに。0と1の世界に。なら、また出会えるかもしれない。アカウントという住処《すみか》を失っても、漂っている彼に。血とも肉とも無縁のわたしたちが、今度こそ永遠に結ばれることができるかもしれない。ちいさな希望が、この先のわたしの人生を支えてくれるだろう。

この気持ちを、0と1でどう表せばいいのかわからないけど、とにかく、頑張れ、わたし。

レモンの目

黒猫を飼い始めた。
……と言っても、毎晩数十分程度の話。マンションのベランダに夜な夜な現れるようになった黒猫と戯れるのがわたしの日課になっていた。

一ヵ月ほど前、洗濯物が干しっぱなしだったのを思い出し、慌てて取り込んでいる最中にふと視線を感じた。手すりの方を見ると、暗闇にレモン色の目がふたつ、らんらんと輝いている。はっと息を呑《の》むわたしの眼前で真っ黒な猫が「どうしたの？」と言いたげにちいさな頭をすこし傾け、その仕草の愛らしさに思わず笑みがこぼれた。

「びっくりした、暗いとこにいられると目しか見えないんだもん。おどかさないでよ」

わたしは開けっぱなしの掃き出し窓から室内に洗濯物を投げ入れると、屈み込んで呼びかけてみた。

「おいで」

小刻みに指を動かすと黒猫はすぐ興味を示し、ベランダの内側にすとんと下りてくる。指先につめたい鼻をくっつけてすんすん匂いをかぎ、そのまま手の甲に顔をすりつけてきた。何て人懐っこい子。首輪代わりだろう、チャームのついた赤いリボンがかわいらしい。

「猫ちゃん、どこから来たの？」

　話しかけながら顎の下や背中をまさぐっても黒猫はいやがるどころかこてんと足元に転がってお腹を見せ、わたしの手を両前脚で抱えて甘噛《あまが》みする。無防備な仕草に目を細め、わたしはしばし温かな毛並みを堪能させてもらった。このところ、恋人と喧嘩続きでささくれていた心がじんわり潤うのを感じる。アニマルセラピーってこういうことか。

　ほのぼのした気持ちでお腹をさすっていたら、部屋の中でスマホが鳴った。黒猫はぴっと耳を揺らして起き上がると素早く手すりに飛び乗り、幅十センチもないそこをとっとと駆けてお隣のベランダに行ってしまった。慌てて身を乗り出したが、もう姿は見えない。大丈夫かな。後ろ髪を引かれつつ電話に出た途端、恋人から「出るのが遅い」と小言を言われ、セラピー効果は一瞬で薄れた。


　次の日も、その次の日も黒猫はわたしの部屋のベランダに現れた。ひとしきりじゃれつき、満足すると去っていく。どうやらうちは巡回ルートに選ばれたらしい。飼い猫を外に出してはいけないことくらい理解していたが、悪い気はしなかった。

　しかし恋人に話すと「そんなのに構うなよ、汚い」といやな顔をされた。

「汚くないよ、きれいな子だよ」

「外をうろついてたらノミやダニがくっついてるに決まってんだろ。大体、ベランダで構ってるって……どんなかっこで出てんだよ？」

「普通の部屋着だよ、スウェットの上下とか。昼間は蒸し暑いけど、ベランダで夜風に吹かれてると気持ちいいんだよね」

「部屋着ってことはノーブラ？　不用心すぎる。近所の男に見られたら」

「ベランダの向こうは河川敷だし、隣からは仕切りで見えないよ。来たことあるんだから知ってるでしょ」

「心配なんだよ。お前んち、今どきオートロックもないし。その猫、雄じゃないよな？」

つまらない冗談かと思ったが真顔だったのでわたしは呆《あき》れてカフェの席を立ち、彼を振り切ってタクシーに飛び乗った。「心配」「お前のため」という大義名分をふりかざして人を束縛しようとするやり方に心底うんざりしていた。何度注意しても「お前」呼ばわりが直らなかったし、猫の性別まで気にするなんて、どうかしている。その日のうちにＬＩＮＥで別れを告げたものの、向こうは納得してくれず、アポなしで家までやってくるようになった。引っ越し資金は心許なく、頼れる身内や友人もいないわたしにとって、夜毎通ってくる黒猫だけが慰めだった。コンビニで見かけた猫用のおやつをつい買い与えてしまったのは、猫より自分の孤独や不安を甘やかしてあげたかったからだ。猫はまぐろ味のペーストを貪るように舐《な》め、満足げに帰っていった。

その次の晩、赤いリボンに細いこよりのようなものが結びつけられていた。ほどいて広げてみると、たどたどしい字で何か書いてある。

『こんばんわ。ミミにおやつをくれましたか。リボンのかざりにちゅーるがついてました』

小学校の低学年くらいだろうか。ほほ笑ましい筆跡とメッセージに、自然と頬が緩む。

「ミミっていうの？　かわいい名前だね」

と話しかけると、ミミは「なーん」と応えた。わたしはメモ帳に返事を書く。

『こんばんは。かわいかったので、かってにちゅーるをあげてごめんなさい。おそとはいろいろあぶないので、ミミちゃんはおうちのなかにいてもらったほうがいいとおもいます』

細く折りたたんでリボンに結ぶ時も、ミミは抵抗しなかった。本当におとなしい子。ひょっとしたら今夜が最後かも、と寂しくなったが、翌晩もミミはやってきた。

『ちゅーるありがとうございます。ミミは、よるになるとさんぽしたがってなくので、しんぱいなのですがだしています』

『こんばんは。にんげんもおさんぽしたいもんね』

『わたしもおさんぽがすきです。わたしはりりといいます。しょうがく１ねんせいです』

『りりちゃんこんばんは。おなまえおしえてくれてありがとう。わたしはみさとといいます。25さいです』

『みさとおねえさんこんばんわ。ミミはあしたワクチンをうちにいくのでしんぱいです。わたしもちゅうしゃはきらいなので、ミミがかわいそうです』

『りりちゃんこんばんは。おねえさんもちゅうしゃがあんまりすきじゃありません。でも、ミミのためにひつようだからね。ワクチンがおわったら、ミミにおやつをあげてほめてあげてね』

『みさとおねえさんこんばんわ。ミミはいいこにしてました。ちゅーるをたくさんあげました』

『りりちゃんこんばんは。ミミはえらいですね。わたしもみならわなくちゃ』

毎晩通ってきてくれるミミと、顔も知らないりりちゃんとの交流はわたしのささやかかつ不可欠な楽しみになっていた。わたしは、ミミと元恋人が家の外で鉢合わせしたらどうしようと恐れた。彼はミミに危害を加えるかもしれない。最新のメッセージには、「お前は世間知らずだから俺が守ってやらなきゃ」というような主張が長文で綴られていた。いい加減にしてよ。

『みさとおねえさんこんばんわ。わたしは、よるひとりでねるのがこわいです。みさとおねえさんはひとりでねられますか？　こわいですか？　いっしょにねるひとはいますか？』

怖いに決まってる、と思ったが、まさかこの子に事情を打ち明けるわけにはいかない。

穏便な返事を書いた。

『りりちゃんこんばんは。みさとおねえさんはひとりぐらしなので、ひとりでねてます。おとなになったら、ひとりでねむれるようになります。りりちゃんもきっとだいじょうぶ』

次の日、いつもどおりミミが運んできた手紙をほどこうとして、リボンが汚れているのに気づいた。泥か、フードの食べ残しか。洗ってあげようとリボンごとミミの首から外し、手紙を開く。たったの、一文。

『そっか〜』

「え？」

声が出た。何これ、意味がわからない。それだけじゃない、いつものりりちゃんの手紙と違い、明らかに大人が書いた字だった。

誰なの？

わたしの手からリボンが滑り落ち、チャームがコンクリートの床にぶつかって硬い音を立てた。何かが弾け飛ぶ。丸い裏蓋《うらぶた》だ。チャームを拾い上げ中を確かめると、ボタン型の電池が入っていた。これはたぶん、小型のGPS受信機だろう。ペットが迷子になった時、追跡できるようにするための。別におかしなことじゃない、けど。

わたしはもう一度『そっか〜』という文字を見つめる。大人の、男の筆跡に見える。りりちゃんの父や兄——ううん、ひょっとして、りりちゃんなんて最初っからいないんじゃないの？　少女のふりをして、わたしの性別と年齢、ひとりで暮らしていることまで把握したから『そっか〜』って——じわじわと芽を吹くように鳥肌が立つ。まさか、考えすぎだよ。

すぐ側に視線を感じて顔を上げると、いつの間にか手すりに上っていたミミがじっとわたしを見つめている。初めて会った夜のように、レモン色に輝くふたつの目で。わたしはGPSを握りしめ、後ずさる。その背中を叩《たた》くように、ピンポーンとドアチャイムが鳴った。

元恋人だ、そうに決まってる。しつこく押しかけてきただけ。ねえ、そうでしょう、あなたでしょう？　世間知らずだから俺が守ってやらなきゃ、あなたの言うとおりだった。ねえ。

ピンポン、ピンポーン、と鳴り続けるチャイムが、イエスにもノーにも聞こえてくる。

ごしょうばん

ごしょうばんは、妖怪だ。モノノケとかオバケとか、呼び方はいろいろあり、そのどれが正確なのか定かでないが、とにかく人間ではなかった。人間でもその他の畜生《ちくしょう》でもなく、そして自分が「ごしょうばん」という存在であることを、いつの間にか心得ていた。雄《おす》でも雌《めす》でも、大人でも子どもでもない。ごしょうばんは、ごしょうばんだ。そしてひとりだ。「ひとり」が正確でなければ一匹でも一頭でも一体でも構わないのだが、とにかく、周りには誰も何もいなかった。ごしょうばんは人は食わない。人の食べものを食らう。

「すごいすごい、きょうはどうしたの」

子どもがはしゃいでいる。丸い卓の周りを犬っころみたいに跳ね回る。

「やめろよ、行儀《ぎょうぎ》が悪い。これはお前のじゃないんだ」

もうすこし年かさの子どもが、それをぴしゃりと叱《しか》る。

「これはお父さんのだ。こいつを見ろ、ちゃんと大人しく座ってるだろ」

頭を叩かれた子は、たちまちあーんと泣き出した。やめなさい、と母親らしき女が台所からすっ飛んでくる。

「きょうくらい、けんかはなしにしてちょうだい。……ああ、手が空いてるなら勝《まさる》の鼻水を拭いてやって」

母親が首に巻いていた手ぬぐいを差し出すと、真ん中の子は黙って受け取り、子どもの鼻の下に押しつける。だいぶ擦り切れた生地越しに、青っぱなのぬるりとした感触。満足に食べていなくても、こんなものはたっぷり出るらしい。やがて「ごはんの支度《したく》ができましたよ」の声で「お父さん」がのそりと現れる。

「きょうはごちそうだね、すごいな。お前たち、たくさん食べなさい」

さっそくちいさい子どもが箸《はし》を伸ばそうとして「お父さんからよ」とまた叱られる。

「あしたから、お父さんは遠いところへお出かけだからね。きょうはそのお祝いなの」

お祝い、と言う時、母親の声はほんのすこしつんのめった。

「どこへ行くの、いつ帰ってくるの」

「フィリピンという、南の島だよ。そうだな、お前の背丈が、あの電話台より大きくなるまでには帰ってくる」

父親は、柱につけた背比《せいくら》べの傷を指して笑った。

「そんなの、すぐだよ」

「そうか、そりゃ楽しみだ。たくさん手紙を書くからね、お母さんの言うことを聞いてよく勉強をしなさい」

「バナナ！　バナナを持って帰ってきてくれる？」

馬鹿、と上の子のげんこつが飛んで、弟は飽きもせずうあーんと泣き出す。

「お父さんは遊びに行くんじゃない！」

「やめなさい、何てことするの」

「だって……」

「いいんだ。バナナだね。うんと熟れて甘いのを持って帰ってくるよ。さ、とりあえず食べよう」

卓袱台《ちゃぶだい》の真ん中で輝いているのは尾頭《おかしら》付きの鯛《たい》が一匹と、ちらし寿司の入った木桶《きおけ》だった。豆腐とわかめの入った澄まし汁もある。父親の許可が出たので、子どもたちはどんどんごちそうを頰張《ほおば》った。塩を振られたぱりぱりの鯛の皮、その下の、ぎっちり密な白身。まだらに茶色く焼けた錦糸卵《きんしたまご》、ぷりぷりと前歯を押し返してくるしいたけ、さみどり色のかわいらしい絹《きぬ》さや、そして何より、真っ白いぴかぴかの酢飯。どれも久しぶりに食べるものばかりだった。弟の頰には干《ひ》からびた涙の痕が、兄の目にはまだみずみずしい涙が溜まり、光っている。

「お前、こんなに……」

男は気遣わしげに妻を見る。妻は「いいんです」とかぶりを振る。そのやり取りに、上の子は気づかないふりをしていた。下の子は気づかず、ちいさな手には長すぎる箸を一生懸命動かしていた。真ん中の子は――どうでもよかった。なぜなら、「真ん中の子」など最初からいないない。家族の一員みたいに何でもない顔でせっせとちらし寿司を食らっているのは、ごしょうばんだった。

ごしょうばんとは、ご相伴。「ご相伴に与《あずか》る」のご相伴。このように、人の中に溶け込んで食事をするのがごしょうばんの性《さが》だった。宴会が終わった後、膳《ぜん》と客の教がどうしても合わない、誰かの知り合いかと誰もが思っていたら誰も知らない誰かが写真に写り込んでいる、そういう時は大抵ごしょうばんの仕業《しわざ》だ。姿を自在に変え、人間の心にするっと収まり、不審を抱かせない。「座敷童子《ざしきわらし》」や「ぬらりひょん」といった連中にもそんな能力があるそうだが、ごしょうばんは会ったことがない。自分以外のごしょうばんにも会ったことがない。

ちらし寿司をたらふくいただき、ごしょうばんはふらりと外に出る。誰もがごしょうばんに気づかない。気づかぬまま茶碗《ちゃわん》や箸を洗い、床《とこ》に就《つ》く。

寝床で、妻は考えている。

きょうの、出征《しゅっせい》前夜の食事で、何日食べられたかしら。虎の子のしいたけ、闇市で手に入れた卵と白米と鯛、こんなものしかないけど、とお裾《すそ》分《わ》けしていただいた絹さや。子どもたちは無邪気にお腹いっぱい食べて、夫も楽しそうで、束《つか》の間の幸せなひとときだった。今は亡き祖母が持たせてくれた振り袖《そで》と引き換えに。本当にそれは釣り合うものだったかしら。わかっている、絹も絹糸も食べられない。背に腹はかえられない。でも、疲れすぎてもう小指一本動かしたくないと思う時、こっそりたんすを開けてあの美しく仕立てられた着物、羽ばたく鶴の刺繡《ししゅう》をひと目見るだけで力をもらえる気がしていたのに。あの、ひんやり目の詰まった、絹の感触。この先、生きているうちに味わえるだろうか。食べものは腹に、美しいものは胸に力をくれる。けれど今、この国で生きていて、胸に兆《きざ》す力などはぜいたくなのだ。私の胸は空《から》っぽになった。戦争に勝てば配給でない食べものがいくらでも手に入る、という望みはちっとも美しくない。

美しいものを見たり手に取ったりできない私はどんどん醜《みにく》くなるだろう。今だってそうだ。あす戦地に行く夫について、不安や心配と同じくらい、食い扶持《ぶち》が減ることに安堵《あんど》している。配給の割り当ても減るけれど、どうせ足りないのだから、女と子どもふたりのほうがやりくりしやすい……ふたり？　あれ？　私は今、何に引っかかったのかしら。久しぶりに腹がくちくなったせいで、頭が鈍っているのかもしれない。とにかく、これまでより食材の計算に汲々《きゅうきゅう》とせずにすむに違いない。お向かいの中村《なかむら》さんの旦那《だんな》さんも、遠からず召集されるという話だけれど、まだこっそり持っている砂糖をお裾分けする必要はないだろう。だって、女子どもだけの心細い所帯なんだもの。

ああ、いやだ。こんなことばかり考えるのはもういや。手で顔を覆《おお》うと涙がこめかみから枕へ吸い込まれていった。

「眠れないのか」

夫が問う。

「大丈夫です。あなたこそ、鯛をひと口も召し上がってなかった」

「いいんだ。子どもたちを頼むよ」

「……はい。そういえば」

「うん?」

うちは何人家族だったかしら? でもその問いは口には出されない。不安のあまり頭がおかしくなったのかと思われる。

きょうのごはんはおいしかった。幸せだった。よい食卓だった。この先に何があろうとも、今夜の記憶の、きれいな上澄みだけ覚えておけますように、と念じながら目を閉じる。

ごしょうばんのことは誰も知らない。


「あの!」

声を掛けられた娘が振り向く。青々とした丸刈り頭の少年だった。

「突然、失礼いたします! 航空廠《こうくうしょう》の発動機部におります村上源《むらかみげん》と申します!」

娘は傍《かたわ》らの友人に困惑がちな目配せをしてから、少年に「毎日ご苦労さまです」とお辞《じ》儀《ぎ》した。

「本日は、牧原《まきはら》少尉よりこれをお預かりしてまいりました！」

後ろに組んでいた手をほどいて差し出したのは、キャラメルの箱だった。娘は左右のお下げ髪を打ち振って「そんな貴重なものをいただけません」と答える。

「いいえ、受け取っていただけないことには自分も少尉に合わせる顔がありません！」

「でも……」

お願いします、と頭のてっぺんを見せつけるように少年は繰り返す。つむじがきれいに渦巻いていた。

「では……ありがとうございます」

娘はとうとうキャラメルを両手で押し戴《いただ》くように受け取り、そっと胸の真ん中に押しつけると、箱を開け、薄紙に包まれたひと粒を取り出した。

「村上さんも、召し上がってください」

「いえ、自分は」

「どうぞ。ここで食べて戻っても誰にもばれません。私、内緒にしますから」

指先ほどのキャラメルを見て少年はごくりと喉《のど》を鳴らす。しかし、天を仰《あお》いで「いただけません」と声を張り上げた。

「自分も、いつかは少尉のように立派な飛行機乗りになって、自分のキャラメルをもらいます。そして、少尉のように、大事に思う人に……」

また、喉がぐりっと動いた。皮膚《ひふ》の下で、まだ目立たない喉仏がうごめく。しかし今度は、さっきみたいに唾《つば》を飲み込んだせいではないようだった。

「失礼します！」

腰を直角に折ってから、少年は走り出した。みるみる遠ざかる背中を見ながら、娘は「牧原さんっていう名前だったんだ……」とつぶやく。

「千代《ちよ》ちゃん、あっちで一緒に食べよう」

海沿いの堤防に腰掛ける。水平線は、陽射しで一閃《いっせん》の白い光に見える。港に船はない。

「空っぽだねえ……沖にはきっと魚がたくさんいるんだろうけど、大きいのも小さいのも、木造の舟まで、供出しちゃったもんね。燃料もないし、米軍の撒《ま》いた機雷だらけだっていうし」

そもそも漁師も皆戦《いくさ》に行ってしまった。女子どもと年寄りは浜で貝を掘ったり、岩場にへばりつく海苔《のり》をかき集めるくらいしかできない。

「お刺身が食べたいね。塩焼きでも煮付けでも、何でもいいけど……ふふ、これからキャラメル食べるのに、口の中がしょっぱくなっちゃった。はい、千代ちゃん。皆には内緒だよ」

娘がいつの間にか、ほんの一刻前から親友だと思い込んでいる、セーラー服に木綿《もめん》のもんぺの千代ちゃんなんて、本当はどこにもいない。ごしょうばんはにんまりと笑い、手のひらに載せられたキャラメルの薄紙を剝《は》がし、口に入れる。気温ですこしべたつき、表面がねとっとしていた。

「甘いねえ」

歯を立てるとぎちっと硬く、濃い甘さはじゅわっとあふれた唾液《だえき》に溶ける。

「甘いもの食べると、こう、ほっぺた？ 顎《あご》の下のところ、きーんとした感じにならない？」

指で皮膚を押さえると、おとがいの骨の形がすぐ浮き上がる。

「私だけかな。ねえ、このキャラメル、どんぐりパンに混ぜて焼いたらおいしいかな？ 全部がうすーく甘くなって。溶けて駄目になっちゃうかな。おからまんじゅうにはちょっと合わないよね……ああ、こうやって歯を使うとそれだけでお腹が空いてくる」

娘は青い海をまぶしそうに見つめている。きっと魚のことを考えているのだろう。

「私、牧原さんなんか全然好きじゃない」

ぽつりとつぶやいた。

「見かけた時、いつも年下の男の子に威張り散らしてたし、顔もごつごつしてるし……でも、そんなことと関係なく、キャラメルはおいしいね」

ぐ、ぐ、と奥歯で噛《か》み締めた後、広がる糖分を口じゅうで味わうために唇をすぼめる。

「自分も食べたかっただろうに、キャラメルくれるなんていい人だって思っちゃった。もし特攻から帰ってこられたら、もっとやさしくしなきゃって……私、安いね、キャラメルひと箱で。ちいさい頃は、銀座《ぎんざ》の資生堂《しせいどう》パーラーでアイスクリーム食べたこともあったのになあ。つめたくてあまーいアイスクリーム、また食べたい」

口の中でキャラメルはみるみる痩せていく。平べったいかけらが歯茎《はぐき》の裏や奥歯にしょっちゅうくっつき、都度《つど》舌先で探る。

「でも、キャラメルひと箱で飛行機に乗らなきゃいけない人たちは、もっと安いね。安いはずなのに、キャラメル、甘くておいしくて、わかんなくなってくるね……人間とキャラメルはどっちが大事なのか」

ごしょうばんは何も言わず、キャラメルを舐《な》め舐め海を見ていた。

ごしょうばんは、自分がいつから生きているのか知らない。けれど、人間がちょんまげを結っていた時代を覚えている。それがいつの間にか見かけなくなり、脚の形に分かれた服や腰に布を巻き付けただけのような服を着るようになり、馬ではない鉄の乗りものが大きな音を立てて里を走り、人の集まるところはやけにぴかぴかして夜でもまぶしくて目を開けていられない。そういう、時代時代の片隅でごしょうばんは今と同じく、人の心にするっと入り込んで食べものを掠《かす》め取っていた。

人間は、海の向こうの里と何度か戦をしたらしい。それほど遠くにいる相手と、何を争って戦うのだろう。ごしょうばんにはよくわからない。ただ、戦の前と後、人は沸いた。だから人は戦が好きなのだろう。戦に勝てば潤う。それが欲しさに戦をする。戦は行《い》くさで、征《い》くさで、逝《い》くさなのだが、そんなのは大した問題ではなさそうに見えた——最終的に勝ちさえすれば。

ごしょうばんは、今という時代が嫌いじゃない。むしろ大好きだ。ごしょうばんの好物は、食べものそのものより、そこに込められた「思い」だったから。豊作の宴《うたげ》に潜り込んで食らう、こんもりしたぴかぴかの飯より、なけなしの米をちょこんと盛った陰膳《かげぜん》の、干からびた飯がうまい。飢えや欲をぐっとこらえ、誰かが誰かのために与える食べものは尊《とうと》い。それは供物《くもつ》に近い。だからごしょうばんは、ひょっとしたら神に近い生きものかもしれない。いちばんかわいいはずの我が身より大事な者に捧げた食べものを口にする時、ごしょうばんの身体《からだ》は人知れず歓びにふるえている。ああおいしい、おいしい、おいしい。

今は、ぎりぎりのいい塩梅《あんばい》だった。人間は皆疲れている。多少の不便や不足はお互いさまとして、しばらくを耐えればいいはずだったのに、いったいいつ「しばらく」が終わるのか、誰も知らない。ちょっとした節制や心がけですむはずの忍耐はいつしかどんどん膨《ふく》れ上がり、絶えず頭を押さえつける。どうしてだろう、どこかで何かを間違えたのだろうか。考えても考えても答えなど出ない。慎《つつ》ましく、身の丈を知り、決して罪など犯さずに生きてきたはずなのに。間違えたとして、それが自分であるはずがない。自分に正せたはずもない。考えるだけで腹は減り、次の食事どきをどうやってしのぐかでまた頭をひねらねばならない。ねじれねじれた雑巾のような人間ども。両端を力いっぱい握って互い違いに回転させようとしているのが何者の手なのか、誰にもわからない。

からからのぼろから滴《したた》るしずくを、ごしょうばんはおいしくいただく。けれどももっともっとねじれてゆけば、一滴も絞《しぼ》り出せなくなる。「誰かのための食べもの」など消え失せ、ただ生きるためにわずかな食糧を奪い合う。そんなのは好まない。人間は肥《ふと》っても痩《や》せさらばえてもよくない。だからこの、なけなしの情に踏みとどまろうとあがく、絶妙にぎりぎりな時代がずっと続けばいい、とごしょうばんは思っていた。

ごしょうばんは、時に犬になった。柴犬《しばいぬ》の兄弟となり、欠けた丼《どんぶり》に盛られた最後の餌《えさ》に鼻先を突っ込んだ。

「太郎、たくさん食べな……次郎《じろう》も嬉しそうだねえ」

「本当ね」

鶏肉をがらと一緒にぐつぐつ煮込んだ汁をぶっかけた麦飯はじつにうまかった。獣の出汁《だし》でふやけたうす茶色い米粒、細々と混ざった肉、骨の中の髄《ずい》にも牙を立ててばりばり砕いた。飼い主母子はその二匹の向かいにしゃがみ込み、涙ぐみながら見つめている。ごちそうのにおいに腹を鳴らしながらも、自分たちは薄いおからの雑炊《ぞうすい》で我慢して、犬に捧げた。

「お母さん、どうしても駄目なの」

娘が、母親に尋ねた。

「仕方がないよ」

母親は眉をひそめて答える。

「動物園の動物だって、もう処分されたんだから」

「それは、空襲の時に逃げ出したら暴れるからでしょう。うちの子たちは賢いからそんなことしないよ」

「そうは言っても、お触れが出たものはどうしようもないんだから」

「食べたら散歩に連れて行く」

大粒の涙をこぼし、娘は訴えた。

「首輪を外して遠くに放してくる。警察の人には、逃げ出したって言うから」

「無駄だよ、帰ってきちゃうよ。うちの子たちは賢いんだから。あんた今そう言ったじゃない」

「だって……」

嘆く人間たちが、心のどこかで、ああよかった、と安堵しているのをごしょうばんは知っていた。このまま状況が悪くなれば、自分たちはこの犬を食べるところまで追い詰められていたかもしれない。それより先に目の前からいなくなってくれてよかった。自分たちで手を下さずにすんでよかった。毛皮を剝がれ、肉は缶詰に加工される。目の前にいるのは食材であり素材でしかない。その先行きを知りながら、なけなしのごちそうを食べさせた。飯を食う肉を見つめる人間の瞳を、ごしょうばんは、幻の犬の瞳で見ていた。食うものも食われるものも、さほど違わない。


ごしょうばんは、時に猫にもなった。野良猫になり、ひとりぼっちのばあさんが闇市で買ってきた牛乳を舐めた。ばあさんは温めた牛乳をふうふうすすり、表面に張った膜《まく》を唇にくっつけながら「誰にもやるもんか」とつぶやいた。

「先月の空襲の時、あたしは防空壕《ぼうくうごう》から弾き出されたんだ。もうひとり入れる隙間《すきま》くらいあったのに、あいつらは……もうこの町内の誰も信用できないよ。身寄りのないごくつぶしなんてくたばってもいいと思ってるんだろう。銃後の守りにもなりやしないからね」

真っ白い牛乳が入った一升瓶《いっしょうびん》をたぷたぷ揺らして、歯のない笑顔を見せる。

「見せびらかしてやった。どいつもこいつも、物欲しそうにしてたよ。憲兵《けんぺい》が来たって構うもんか、こんな老いぼれを牢屋《ろうや》に入れるってんなら好きにすりゃあいいよ。誰にも、ひと口だって一滴だってやらない。……でもお前は別」

骨が浮いた黒猫の背中を、枯れ枝のような手がぶるぶるふるえながらさする。

「お前だけがあたしを慰めてくれたから。捕まって皮を剝《は》がれたりするんじゃないよ。生き抜くんだよ。お前がいてくれるから、あたしは業突《ごうつ》く張りなばばあのままで死なないですむ。あの世で息子に会っても恥ずかしくないんだよ」

黒猫は――ごしょうばんは、畳《たたみ》に這《は》いつくばってぴちゃぴちゃと牛乳を舐めていた。口周りの毛を白く染めながら、かすかに血のにおいのする、薄甘い牛の乳を夢中で飲んでいた。


失敗した、と思った。ごしょうばんはその口、寺の小坊主《こぼうず》になっていた。寺の跡取り息子が召集されたので、最後の膳を囲む夜だった。庫裏《くり》にまで抹香臭《まっこうくさ》さが漂い、何だか息がしづらい。それでも我慢して正座していると、脚つきの膳が行き渡り、つるりと頭を剃《そ》り上げた青年が「きょうまでお世話になりました」と頭を下げる。住職《じゅうしょく》らしい中年の男は

「うむ」と何だか妙に満足げな表情なのだった。

「精いっぱい勤めてきてくれ。忸怩《じくじ》たる思いがあるだろう、それは私も同じことだ。仏の教えを思えば、ふがいなさに心が痛む。しかし、私の師は造言飛語罪《ぞうげんひござい》でしょっぴかれた上、僧侶《そうりょ》の最下層にまで貶《おとし》められてしまった。目をつけられて前科者になるわけにはいかない……わかるな？」

「はい」

「人々と同じ苦しみに落ちるのも大事な修行と思いなさい」

「はい」

青々とした頭のてっぺんがろうそくの火より明るく見える。兵隊の坊主頭と坊主の坊主頭はどこかが違う、とごしょうばんは思ったが、どこがどうとはわからなかった。男が、心にもない返事をしたのはわかった。

「よろしい。さ、食べなさい。お前のためにと檀家《だんか》の人々がお持ちくださったのだ。うかつな声を上げれば警保局が飛んできて、このようなお心遣いさえいただけなくなるのだからね」

とうもろこし、かぼちゃ、いも、なす、さまざまな野菜の天ぷら、すいかも出た。ここのところ、とんとお目にかかっていなかった酒も酌《く》み交わされた。

がつがつ食らっていると、ふと視線を感じた。あす兵隊に行く、今夜の主役だった。今まで出会ってきた人間とどこか違う、山の湧き水で洗って晒《さら》したように澄んだ目をした男だった。魚なら喜んで食いたいが、あいにく人間そのものを食う習いはないので嫌な気持ちになった。

「おいで」

男がごしょうばんを手招きした。なぜか、身ぶるいする心地になった。

「確かお前は、越谷《こしがや》のおじさんから預かっている子だったね。そう細くちっちゃくては心配だよ。私のすいかもあげよう」

大丈夫だ、この男もちゃんと騙《だま》されている。でもごしょうばんは、なかなか腰を上げられなかった。住職が「せっかくだからいただきなさい」と早くも一杯機嫌で顔を赤らめて促すので渋々皿を持って立ち上がり、三角に切ったすいかを受け取った。

「たくさん食べなさい」

未練や不安をたっぷり抱えて出征《しゅっせい》していく人間の思いやりにあふれたご相伴なのだから、この上もなく美味なはずなのに、ちっともうまく感じなかった。この男は命や食いものを惜しんでいないのだろうか。早くも死ぬ覚悟なのだろうか。つまらない、と思った。執着と良心のせめぎ合いからかろうじて生まれてくるご相伴に与りたいのであって、はなからの無私など何の値打ちもない。

今晩の食事は、失敗だ。早く消えてしまおう。いつもなら便所に行くような気配で、煙のごとくお暇《いとま》できるはずだった。なのにふっと立ち上がると同時に「すこし散歩をしよう」と誘われた。消える瞬間を捉えられたのは初めてだった。小坊主姿のごしょうばんは、手を取られて焦った。焦ったが、腕力がないのでどうにもならない。

すこし小高い丘に建つ寺の門から街を望むと、真っ暗だった。灯火管制《とうかかんせい》、という言葉は、いつだったか潜り込んだ家で覚えた。祭りや花火の輝きは、どこかに行ってしまって久しい。今はただ、満月が明るい。

ごしょうばんを伴《ともな》った男は、夜空の遠くを指差した。月でも星でもないところ。

「西の方の、海を越えたずっと遠くに、私たちと同じような仏の教えを尊《とうと》ぶ人たちがいるそうだ」

静かに言った。

「彼らは身体に止まった蚊も殺さないと聞く。そして、砂絵を描くんだ。わかるか。砂で丹念に丹念にこの宇宙を描き、描き終わったら川に流してしまう……わかるかい」

ごしょうばんには宇宙などわからなかった。それよりも、ぎゅっと手を握ったままの男が、夜の木々たちが怖かった。静まりかえったようでいて、いろんなものがひそやかに奔放に呼吸をしている。虫けらや鳥やちいさな獣たち。自分は、死に絶えた山しか知らない――自分とは、誰だったろう。ここに、この僧侶といると、空腹とはまったく違うざわざわした唸《うな》りが起こる。とてもよくない気がするのにごしょうばんは消えることができない。

「私も、いつかはそこに行っていろいろなことを学んでみたいと思っていた。……でももうその資格を失うだろう。投獄《とうごく》覚悟で不殺生《ふせっしょう》や兵《ひょう》戈《が》無用《むよう》を貫く勇気もなく、自分が死ぬのも恐ろしい。私は自分が情けない。それでも、数珠《じゅず》だけは荷物の中に入れて、あちらで仲間が死んだらせめて心を尽くし弔《とむら》っていこうと思う」

どうしてこんな話をするのだろう。小坊主の姿でいるからか。ごしょうばんはわけもわからず恐ろしい。夜も月も、月のように丸く見開かれた男の眼《まなこ》も。この世のすべてが恐ろしかった。憶えのある感覚だった。あれはいつ、どこでだったのか。思い出せないまま、怯《おび》えたまま、けれど夜より深い黒目から視線を逸《そ》らせずにいると、不意に手が離れた。

「……お前は、」

しかしほっとする間もなく、今度は両の手でがっちり肩を摑《つか》まれる。

「人間ではないのだろう」

言い当てられた。その驚きすら、まん丸い闇の中に吸い込まれていきそうだ。宇宙というのは、これだろうか。

「私のような半人前には確《しか》とわからないが、お前は、昔人間だった、今は違う何者かだ」

人間だった。その言葉でごしょうばんはとうとう男の眼球の中にしゅるりと吞《の》み込まれてしまう。

そこでごしょうばんは見た。鳥も獣も虫もいない、死んだ山を。枯れ果て、ひび割れた泥地になり果てた田畑を。そこでごしょうばんは息も絶え絶えに生きていた。皆が飢えていた。馬を捌《さば》き、犬ころも、鳥も、虫も、草の根も木の皮も食べた。それでも飢えて飢えて飢え尽くしていた。日は照り、世界はどんどん静かになった。人は骨に皮を張りつけて地べたに這いながら干からびた唇を動かし、そこに入ってくるものを何でもいいから求めていた。

ごしょうばんは泣く元気さえ失い、日がな一日うずくまって指をしゃぶっていた。もはや唾液も出ず、舌は干し肉のようだった。歯茎が痩せたせいか、生え替わらないまま歯が抜けていった。頭も目も耳もぼんやりしているのに、空腹だけが刺すような鋭さで全身に訴えかけてきた。食べたい、食べたい、食べたいよう――。

頭の重みにさえ耐えきれずぐらぐらと不安定な首に、手がかかる。そのままきゅうっとこもる女の力もまた、弱々しかった。あれでは鶏《にわとり》も絞められなかったに違いない。けれど衰えきっていた子どもの息の根を止めるには十分だった。枯れ木が枯れ木に絡みつくようなありさまで、頭が何倍にも膨れる心地がして、堰《せ》き止められた呼吸は胸の中でしばらく暴れたが、やがて苦しさも感じなくなった。見開いたままの目に、鉈《なた》が映った。それを振りかぶる女の目もぎょろぎょろと飛び出していて、脂《あぶら》っ気というものがみじんもなく乾きっていた。涙に換えられる水気もなかったのか、感情がもうくたばっていたのか。身体より先に、心が死ぬのだ。

女の黒目が、肉を目の前にぎらぎらと光る。日照りの太陽より強い光に、魂ごと焼かれた。

「――……おっかあ」

あの、最期《さいご》の瞬間、口にしたかった言葉がこぼれた。同時に、闇夜の寺の前に戻っていた。男の両目からはらはらと涙がこぼれ落ちていたので、これに押し流されて出てきたのかもしれない。

夢でも幻でもなかった。自分はかつてひとりの人間で、そして生みの母に殺され、解体され、食われた。人として生まれ、肉として終わった。

そうして気づけば人でも肉でもなく、けれど確かに生きている証拠に、腹が減っていた。人が自分を差し置いて、飢えに耐えて差し出すものが食べたかった。一粒の米、ひと匙《さじ》の水でも捧げられてみたかった。本能や命と秤《はかり》にかけても負けないものはあると、何度でもこの空っぽの身で味わいたかった。名前すらつけられないまま、すべてを踏みつけにしてしまう飢餓《きが》の果てに死んだ子どもだったから。

「かわいそうに」

男は静かに泣きながら言った。ごしょうばんは生まれて初めて、自分が化けた何者かではなく、ごしょうばんのために泣く人間を見た。身体の中で熱い小便を漏《も》らしたような、じわりとにじむこの気持ちを何と呼んでいいのかわからない。

「このままさまよっていたら、お前は餓鬼《がき》になってしまうかもしれない。どうか、私を待っていてくれないだろうか。きっと生きて帰り、修行を続けてお前を救えるような僧になってみせるから」

頰に落ちてきた涙も湯かと思うほど熱く、そしてしょっぱくてうまかった。ごしょうばんはぺろりと舌なめずりをして頷《うなず》いた。


それからしばらく経って、夜空が真っ赤に燃えた。地面も真っ赤だった。男が旅立った後の寺も、赤く紅《あか》く朱《あか》く、炎の指をいっせいに天へと伸ばし、燃え盛っていた。真っ赤な空に大きな影絵のような黒い鳥が群れ、はばたきもせず黒い卵をいくつも産み落としていった。それは地上で割れるより先に弾け、火の破片をちりぢりにまき散らして街を舐め、家も人も道も一緒くたの真っ黒い消し炭に変えてしまう。

熱い。まぶしい。騒がしい。これではおちおち寝てもいられない。この場所さえ憶えておけばいいだろう。ごしょうばんは遠くの山へ逃げた。土の中で木の根に搦《から》め捕られるようにして休んだ。こんな形の虫を昔食ったような気がする。それとも虫の形の植物だったのか。自分は人の形で人でなく、いったい何なのか、何になれるのかと考えた。餓鬼とは何だろう。悪いものだろうか。でも何かになれるのなら、それはいいことではないのだろうか。考えても答えは出ず、ごしょうばんはすぐに諦めた。あの男が帰ってきたら教えてくれるに違いない。

どのくらい眠っていたのか、不意に地中深くから地響きのような振動が轟《とどろ》いてきた。地震や山崩れではなさそうだった。その後、土の中はしんとなった。地上に出るのを心待ちにしている蟬《せみ》の身じろぎ、木の根が水を吸い上げる呼吸、蟻《あり》が土をほじくる音、すべてがやんだ。何もかもがいっせいに口を噤《つぐ》んだ。こんなのは初めてだった。暗いところで目を閉じているのに、なぜかまなうらが真っ白に弾けた。白いのに明るくはなかった。恐怖と似て異なる感情にごしょうばんはぎゅっと丸まった。肝《きも》が冷えたのではなく、温度そのものが自分と周囲からそっくり消し去られてしまったような、果てしのない空虚だった。そのふるえは、しばらく経ってもう一度起こった。一度目よりはすこし弱かったが（遠かったのかもしれない）、間違えようもなく同じものだった。奪う意思も殺す意思もなく、すべてを真っ白に空っぽに、初めからなかったもののように消してしまう、生き物でも火でもないこれは何なのか。ごしょうばんは、地上にいる誰のことも取り立てて案じはしないが、あの男はきっと海の向こうにいるはずだから無事だろうと思った。このふるえも虚無も届かない場所にいる。それはすこし、ごしょうばんをほっとさせた。

木の根っこは、鳥籠《とりかご》みたいにごしょうばんを包む。ごしょうばんは眠った。男が帰ってきたら、きっと目が覚めるだろう。だから眠り続けていたかったのに、腹が減ったせいか、いつの間にか地上に這い出ていた。街はずいぶんと見晴らしがよくなっていた。瓦《かわら》屋根の家も駅舎も商店街も姿を消し、炭色の電柱が見張り番のように行儀よく並んでいるが、電線はない。更地になった地面は焼いた秋刀魚《さんま》の腹みたいにあちこち黒くほころびていた。骨と皮に似たこしらえの、息を吹きかければ倒れそうな掘ったて小屋が寄り集まり、火事の煙とは違うまろやかな湯気をあちこちから立ち昇らせていた。これは竈《かまど》の、台所の気配だ。ごしょうばんは雑踏の中に紛《まぎ》れていた。視点が低く、自分が子どもの姿になっているらしいとわかる。さて、これで誰のもとへ行けばいいのだろう？　今までは気づいたら何かしらの輪の中にいて、息をするのと同じ自然さで溶け込み、溶け込むことにも溶け込んでいたのだが、今、ごしょうばんに目をくれる者はいない。

しょうゆやみそやその他いろんなものがドラム缶で温められたにおいと、大地にしみついた焦げ臭《くさ》さと、人間の汗臭さが混じってむっとする。押し合いへし合いする腹や脚に挟まれたり蹴《け》られたりしながらごしょうばんはさまよった。

何かが変わったらしい、と思う。裸の地面にへばりつく人間たちの顔つきが、山で眠る前と明らかに違うのだった。何より、子どもと年寄り以外の「男」がたくさんいる。戦が終わったのだろうか。海の向こうとはどうなったのだろう。勝った負けたは、ごしょうばんにはどうでもいいことだった。ただ、あの坊主も帰ってくるかもしれない、と思ったら何となくいい気分になった。この、平べったくなった街に、大きな大きな砂絵を描けばいい。寺の門の上から男が描いた絵を見下ろせば、ごしょうばんにも宇宙というのが何なのかわかるかもしれない。それがとても良いものだったら、川に流さずそのままにしておいてもらおう。

そうだ。寺に戻り、男を待っていなくては。きびすを返すと、勢いよく人間にぶつかった。

「おい、気をつけろ」

野太い声が降ってくる。ひげがぼうぼうの、このところとんと見なくなっていた背の高い男だった。丼を手に「こぼれるだろうが」とごしょうばんをにらみつける。

「小汚えガキだ、あっちへ行け」

ごしょうばんには自分の姿が見えないので、小汚いかどうか知らない。でも、泥と雑草を練り合わせてあちこち破いたような男の服装とさほど変わらないだろう。しっしっ、と爪の真っ黒な手で払われ、ごしょうばんもここに用はないので大人しく離れた。頭上を行き交う声はどれも怒鳴り立てるようで、こんなところにいてはあの男の声が聞こえない。ガキ、というのは「餓鬼」とは違うものだろう。

「おい」

いきなり、肩をがっしり摑《つか》まれた。振り返るとさっきの、痩せ細った熊みたいな男だった。

「お前、親はどこだ」

そんなものははなからいない――いや、いたような気もする。何か大事なことを思い出したはずなのに、また忘れてしまっている。それもあの男に会えば何とかしてくれるだろう。ごしょうばんが返事をせず突っ立っていると、男は苛立《いらだ》ったのか舌打ちをし「食え」と丼を差し出した。わけも分からず受け取る自分の手は小さくがりがりで、薄い皮膚《ひふ》を器《うつわ》の熱が焼いた。

「ぐずぐずしてると取られちまうぞ、早く食え、のろま――おい、ガキがいるんだよ、押してくるんじゃねえ」

「兄さんそれ残飯シチューだろ、どこに売ってた?」

「ああ、あっちの方だよ。並ぶぞ。十円だ」

「高いな」

「でもあそこの店のは、たばこがそんなに入ってねえんだ。上等だよ」

箸もないので、ひびだらけの丼にそのまま口をつけ、油の輪っかが浮く汁をじるると啜《すす》った。半ば塊《かたまり》に近い状態でどろりと滑り込んできたものは、今までに食べたことのない味だった。魚や昆布で取った出汁とは全然違って濃く、どこか獣くさい。前歯でぷちっと噛みつぶしたのはとうもろこしの粒、どろどろになったにんじんやじゃがいもの存在もわかる。豆も混じっている。筋っぽいものは、牛の肉だろうか。細く硬いのはおそらく魚の骨だろう。

いいものも悪いものも、うまいものもまずいものもごった煮にされていた。それはこの人混みのごった煮とよく似合っている。人間は「何もない」より「ごった煮」を選び、これからも続くのだろうと何となく思った。どろどろをすべて飲み干し、器に顔を突っ込んで舐め尽くすと、男は空っぽの丼を引ったくってどこかに行ってしまった。急いで食べたせいで、すこし膨れた腹の中がじんじんと熱い。手のひらを当てると温かかった。

ごしょうばんは、はたと気づく。自分は今、何者でもなかった。騙して掠め取った食べものとは違う。どんな姿でいるのか定かでないが、さっきの男は、何の関係もないごしょうばんに与え、去って行った。どうしてだろう。わからない。わからないまま、焼け焦げた残骸と化した寺に戻ると、再び地中で眠りについた。

そこから、またどのくらい経ったのか、自分の内臓だけがずるっとどこかへ引っ張られるのを感じた。蟬のような抜け殻《がら》を地中に残したまま。はらわたよりずっと長い距離をひゅるひゅるると連れて行かれる。遠さに気も遠くなりかけたが、ただならぬ寒さではっと我を取り戻した。

寒い。歯の根が合わない。色彩のない世界だった。細かい雪がほとんど真横に吹きつけ、空気はねずみ色をしている。あたりには平屋の馬小屋みたいな建物が並び、その周りはぐるりと細いとげのついた黒い縄で囲まれている。天を突き刺すような鋭い形の、背の高い樹木が雪の向こうに霞んでいる。それにしてものが見にくい、と思えば、まつげにちいさな氷の粒がびっしりまとわりついている。払いのけようとする手に手袋を嵌《は》めているのだが、それすら凍り付いてばりばりと音を立てた。

いきなり背後から硬いもので背中を突かれ、積もった雪の中に倒れ込んだ。そこが存外温かいのに気づいてこのまま寝てしまおうかと思ったら、両脇から抱え上げられる。

「おい、大丈夫か」

雪と見分けがつかないほど真っ白な顔をして、こけた頬の男たちが左右からごしょうばんを支えていた。

「しっかりしろよ」

「お前は、あの人と仲がよかったから、辛《つら》いんだろうな」

「最後に別れを言わせてくれるだけ、お慈悲《じひ》だと思おう」

「しかし、俺は日蓮宗《にちれんしゅう》なんだが……」

「やつらには違いなんてわからんよ。九九《くく》も知らないんだからな」

また、背中に硬いものが当たる。振り返ると、背の高い、初めて見る類《たぐ》いの顔立ちをした男がふたり、険しい顔で細長い鉄の塊を構えている。頭にはこんもりとした毛皮をかぶっていた。こいつらも白い顔だったが、ごしょうばんの隣にいる男たちとは違い、そもそもの血からして牛乳か何かではないかと思わせる、根っからの白さだった。それが凍った眉毛を吊り上げ、うっすら灰色がかった青い目でこちらをにらみ、しきりとダワイとかダーバイとか得体の知れぬ言葉を繰り返す。

「ほら、行こう。反抗的な態度を取るな。やつらの気が変わったらどうする」

反抗したかったわけではなく、ふしぎだっただけだ。ここがどこで、いったい何を食べるために呼ばれたのか。わかっているのはとても寒い土地で、自分はおそらく大人の男の姿なのだということくらいだ。

追い立てられて向かったのは狭い小屋で、中に入るとびょうびょうという雪の吠え声がすこし遠ざかった。ガラスの中でちいさく燃える灯し火が、やっと目に入った色らしい色だった。

粗末な机と粗末な寝台、そこに横たわっているのは、あの男だった。痩せ衰えて骸骨のようになっていたが、間違いない。男はごしょうばんを見ると、虚《うつ》ろな眼差《まなざ》しで弱々しくほほ笑んだ。

「お前か」

しかしすぐに蒼白な顔をくしゃっとゆがめて「すまない」とささやいた。ぺらぺらの布が掛けられた身体はぺしゃんこで、このまま踏みつぶしてしまえそうだ。

「約束を、守れそうにないよ」

血の気の失《う》せた手を持ち上げると、すぐ側の小机を指差した。

「せめて、それをお食べ」

薄い、べっこう色の澄まし汁の中に玉ねぎのかけらが浮いていた。ごしょうばんは別にそれを食べたくなかった。けれど男は「お食べ」と繰り返した。

「もう……私が食べても……滋養《じよう》にはならない」

「そんなことを言うな」

一緒にいた男が、声を詰まらせながら言った。

「本当のことです。皆さんに、お世話になりましたと伝えてください。こうして、屋根の下で死ねるだけでも私は果報者《かほうもの》です。……あなたたちが日本に帰れるよう、仏のもとで祈ってます」

ごしょうばんは、汁を手に取り、一気に飲み干した。むわっとした獣の臭《にお》いが口じゅうに立ちこめる。牛とも豚とも鳥とも違う、もっと野蛮《やばん》で強烈な臭い。そしてかしゅっと噛んだ玉ねぎは硬く青臭くてたまらなかった。まずい、と思った。死の淵《ふち》で捧げられた食べものを、初めて。

まずくて、涙が出る。あるいはまつげの氷が溶けただけかもしれない。なのに男は嬉しそうに頷くと、それきり目を閉じた。

まばたき一回の後には、土の中に戻っていた。幻を見たのだろうか。ごしょうばんは幼虫みたいに丸くなる。ほかに行くところも帰るところもありはしないので、やっぱりここで待ち続けることにした。

ごしょうばんはとろとろと眠った。地上のようすは何となく伝わってきた。寺がつぶされ、木は切られ、土はあんこをどろどろにしたような、つんと臭いもので蓋《ふた》をされた。乾くとかちかちになって、その上にいくつも家が建った。四角い家を縦に重ねた大きな家も建った。ごしょうばんは、やがて男のことを忘れた。寺のことも、まずかった汁や残飯シチューや牛乳や、自分が食べてきたもののことも忘れた。忘れたことも忘れ、ただ、「何かを待っている」という感覚だけが残った。ごしょうばんはまた腹が減ってくる。空腹の上で時は流れる。

――やば、今炭水化物抜いてるんだった。ごはんいらないって言うの忘れちゃった。食べる？

――いらねーし。

――じゃあしょうがないかあ。てかフライの衣だけ剝がしてんの？　必死感。

――あんたに言われたくないよ。肉食べたかったんだもん。

——あるよね、そゆ時。

——もうごちそうさまなの？　だからそんなに頼んで大丈夫かって訊いたでしょ！　ママ食べてあげないからね！

——だってえ……。

——あー、あんまがみがみ言わないほうがいいらしいよ、今は。食事がストレスになったら本末転倒じゃん。

——そうそう、うちの子の小学校も給食残していいんだって。

——まじ？　私、放課後までひとりで食べさせられた記憶あるよ。「世界には食べたくても食べられない子どもたちもいるんです！」って。生まれつき少食だったのに、あれはもうほんとトラウマ。

——わかるー。うちらもこんな時代に生まれたかったよね、無理なもんは無理じゃん。

——そうそう。食べたくても食べられない子どもたちだって、お腹いっぱいになったら残すって。

——ほんとそれ。

——おっけおっけ、写真撮れた～めっちゃいい感じ！　今送る～。

わいいから。

——てかこのオムライスでかくね。食べきれる？

——むり〜。上んとこだけかじれば？　そんでパフェ食べ行こ。期間限定のいちご鬼かわいいから。

——こいつこないだ、あそこの店で大食いチャレンジしたんだって。特盛りチャーハン制限時間三十分で十万円もらえるやつ。そんで半分もいけてねーの、やばいだろ。

——あの量は無理だったわ〜。罰金一万円とか泣く。もう米粒見ただけで吐きそう。

腹は減っているのに、ごしょうばんの欲しいものは見当たらないようだった。ごしょうばんは自分が何を待っているのか、思い出した。

戦《いくさ》だ。

また戦が来れば、うまいものにありつけるに違いない。人間が泣きながら、惜しみながら差し出すこの世で最高にうまいもの。ああ、早く食べたい。人間の足の下で、きょうもごしょうばんはひっそりと祈り続けている。腹を鳴らして思っている。

早く戦が来ますように。誰も彼もが飢えますように。

食べたい、食べたい、食べたいよう。

ツーバイツー

森生《もりお》と帆積《ほづみ》が双子の兄弟でなければ、こんなことは考えなかったかもしれない。同時に、亜紀《あき》と加那重《かなえ》がよく似た姿かたちでなければ、こんなことには至らなかったかもしれない。

バスローブ一枚でホテルのベッドに腰掛けたまま、亜紀は半分寝ぼけたような心地でいた。きょうここに来るまでの三ヵ月も、きょうここに入ってからの小一時間も、夢の中の出来事みたいに思える。目を覚まして身支度を進めているうちに蒸発してしまう程度の頼りない記憶。でも、加那重のあの言葉だけは鮮明に蘇ってきて亜紀の鼓動をすこし速くさせる。

——ねえ亜紀、帆積と寝てみる?

日焼け止めでも貸すようにあっさりとした口調で、友人はそう言った。

加那重とは高校の入学式で知り合ってすぐに意気投合した。当時から「似てるよね」とよく言われてきた。亜紀が一重まぶたで全体的に涼しげな容貌なのに対し、加那重は二重で蜜を孕《はら》んだようにふっくらした唇が目を引き、顔立ち自体は特に似通っていないのだが、身長と体重がほぼ同じだった。足や胸のサイズも、肉がつきやすい箇所も一致し、指の長さや爪のかたちも似ている。おまけに髪型や服装の趣味もかぶっていたから、全体の印象や雰囲気がそっくりらしい。姉妹に間違われるのもしょっちゅうで、加那重はよく冗談めかして「男の好みが違っててよかったよね」と言った。そこだけは気が合ったら修羅場だもん、と。

ふたりは別々の大学に進学し、亜紀は森生と、加那重は帆積と出会って恋人になった。四人で集まろうよと初めて互いの彼氏を引き合わせた時は、絶句ののち、爆笑した。

——え、森生と帆積くん、双子⁉

——うそでしょ！

笑い転げる女ふたりをよそに、彼らは憮然《ぶぜん》とした表情だった。一卵性ではあるものの、森生たちは似ていなかった。目鼻立ちをしっかり見れば確かに双子なのだが、兄の森生は眼鏡をかけ、シンプルな服装を好む物静かな性格だったのに対し、弟の帆積は視力がよく、色柄のぱきっとしたTシャツを着て、ちょっとしたことでも歯を見せて朗らかに笑った。

加那重は二十五歳、亜紀は二十六歳で結婚した。義理の姉妹になっても何も変わらず、ふた組の夫婦同士は良好な関係だった。加那重になら何でも話せたので、森生とのセックスレスが二年を過ぎた頃「性欲がやばい」と率直に打ち明けた。

――森生がね、仕事のストレスでいっさいやらしい気持ちになれないんだって。苦労してるの知ってるから何も言えないけど、最近は、一服盛って興奮させてどうにかできないかなって妄想するようになっちゃった。

――やばいね、限界きてるじゃん。

加那重はアイスティーをひと口飲む。ストローにまったくつかない優秀なティントリップは、亜紀も同じ色を持っている。

――実は、わたしは森生くん側なの。最近枯れちゃってやばいと思ってる。

――加那重が？

――うん。去年、病気して卵巣片っぽ取ったでしょ、そのせいかも。スマホでエッチな漫画とか読んでも興奮しない。

――じゃあ、全然してないの？

――それはいかんなって思うわけ。帆積のこと好きだし、べったりくっついてると安心するからいちゃつくでしょ、帆積がむらっとするでしょ、後はご自分でどうぞとか言ったら鬼だよね。でも物理的に無理なの。乳首とか痛いだけだし、うんともすんとも濡れない。

身体ってふしぎだよねえ、と苦笑する。

――で、潤滑ゼリーとか買おうかって提案したら、帆積がへこんじゃって。無理強いしてるみたいで申し訳ないんだって。案外繊細なんだよね。まあ、うちは両方子どもいらない派だしそんなに危機感ないけど、亜紀はどうするの？

――欲しいよ。もう三十二だし、森生もつくろうって言ってくれるけど……。

これって贅沢なのかな、と前置きして亜紀はつぶやいた。

――そもそも、子づくりじゃなくて「ただのセックス」がしたいの。新婚でもないのに馬鹿みたいって思う？

――全然思わない。

加那重のきっぱりとした答えに亜紀は泣きたいほど安堵《あんど》し、実際軽く涙ぐんでしまった。亜紀とよく似た加那重の手が、そっと肩をさすってくれる。心の澱《おり》を吐き出せただけですっきりしたと本当に思っていた。その時は。

翌月、法事で夫たちの実家に集まった折、四人だけになったタイミングで加那重はあの台詞を口にした。

――ねえ亜紀、帆積と寝てみる？

全員が言葉を失った。「何言ってんだ」と最初に口を開いたのは帆積だった。森生は黙って眉をひそめていた。

――わたしたちだけしかいないんだから、常識とか抜きにして話そうよ。わたしと森生くんは現在、愛情とは別の問題でセックスに性欲が持てないの、だから、亜紀と帆積が……っていう選択もありなんじゃないかって。思いつきで言ってるんじゃないよ。帆積が苦しんでるのも亜紀が苦しんでるのも知ってる。同時に、わたしだってつらいし森生くんもきっとそう。亜紀が相手ならギリ受け容れられるし、逆によその女なんか絶対許さない。

加那重のまっすぐな眼差しに、帆積のほうが目を逸《そ》らした。不貞の芽というか、何かしらの黄信号を加那重はキャッチしているのかもしれない。

義母の声が近づいてきたので会話は打ち切られ、亜紀は半分ほっとし、半分で消化不良を残念に思っていた。帰宅後、森生とその件を話し合うタイミングも見つからずダブルベッドに横たわっていると、枕元でふたつのスマホが同時にメッセージを受信した。四人だけのグループＬＩＮＥに加那重が『昼間の話、どう思う？』と投下したのだった。

『一度試してみてもいいって思ったら、白い旗の絵文字送って』

森生とは背中合わせだった。同じ文面を読み、同じく息を殺しているのが伝わってきた。どうするの？　ていうか何で迷うの？　ていうか何で白い旗なの？　スマホを握りしめたまま黙っていると、液晶が時間切れを告げるようにふっと暗くなり、すぐにまた明るくなった。

通知画面に、森生が送った白い旗の絵文字が表示されている。

森生、帆積、亜紀の順に白旗を上げた。そこから、LINE上で日時やホテルの段取りが進められた。ラブホじゃなくてシティホテルのデイユースがいい、と亜紀が要望を出すと帆積がいくつかの候補を送ってきて、加那重が「そこ古いんだよね」と駄目出ししたり、森生が「亜紀は高所恐怖症だから低層階で」と注文をつけたりした。そのやり取りから離れてしまえば亜紀と森生はいつもどおりの夫婦で、風呂上がりにアイスを半分ずつ食べながら肩を寄せ合い配信のドラマを観た。

とんでもないことをしようとしている、と思う日も、マッチングアプリや行きずりで男を引っ掛けるよりずっとまっとうだ、と思う日もあった。モラルのない人間だと自分を責めた十分後には、関係者全員が了承しているし誰にも迷惑はかけていないと開き直ってみたりもした。似ていなくとも、森生と帆積が双子であることが免罪符のように感じられた。遺伝子は同じ。帆積も、亜紀と加那重が似ているから断らなかったのかもしれない。

当日は亜紀が先にチェックインしてシャワーをすませ待機、という予定だった。バスローブの下には何も着けなかった。凝った下着で相手の目を楽しませるという前戯は必要ない。ごわついて硬いバスローブの生地が肌の水分を吸ってやわらかくなじんできた頃、扉が軽くノックされ、続いて錠の開く音がした。途端、心臓がおそろしいほどの勢いで膨張と収縮を始め、胸が痛くなる。およそ甘さのない、きりきりとした鋭い痛みが鼓動ともつれて息が苦しい。緊張、恐怖、後悔……期待がすこしも混じっていないなんて、言えない。

部屋の照明はあらかじめすべて消しておいた。カーテンの裾と床のわずかな隙間にひそむ真昼の陽射しが唯一の光源だった。帆積は何も言わず服を脱ぐと亜紀の隣のベッドに次々放った。亜紀も立ち上がり、バスローブのベルトを解いて肩から落とすと椅子の背にかける。黙ったまま、シーツもめくらずベッドの上に仰向けになると覆いかぶさってきた帆積の影が亜紀に落ち、いっそう暗くなる。亜紀の下肢をまたいだ帆積の膝が太腿の外側を掠めた、それが最初の接触だった。外では梅雨の晴れ間の陽光が降り注いでいるだろうに、自分は閉め切ったホテルで義弟と寝ようとしている。すべてが終わった後、どんな気持ちでここを出ていくのか想像もつかなかった。

エアコンを効かせていたため、膚《はだ》には細かな鳥肌が立っていた。帆積の指先はそれに気づいたのか肩口に触れて戸惑ったように引っ込む。嫌悪と取られただろうか。亜紀は「寒いから」と説明する代わりに帆積の二の腕を軽く撫で上げた。さらさらと乾いて温かく、人肌だけが持つまだらなゆらぎのようなものを手のひらに感じ、ほうっと息が洩れた。わたしがずっと欲しかったのはこれだ。頼りないふたつの身体でしか得られない熱。自分というろうそくの芯に確かな火が点《とも》ったのを感じる。そして帆積にも。

そっと乳首を含まれ、声が出る。森生とする時もこんな声だっただろうか、わからない。夫と抱き合っていた日々が、手の届かないところに行ってしまった気がする。生ぬるい口内の温度に一瞬やわらかくなったそこは、ざらりとした舌の感触ですぐに硬く凝った。亜紀は帆積の背中にでたらめなペインティングを施すように忙《せわ》しなく手を這わせる。目を閉じたまぶたの闇に浮かび上がるのは森生の裸身で、すぐそこにある肉体とそっくりだった。余計な覆いを脱ぎ捨てた骨格や肌の手触り、息遣い、背すじの溝の深さまで記憶と違《たが》わず、彼らがひとつの胚から分かたれた命であることを、初めて強烈に意識した。

きっと帆積は帆積で、姉妹のように似ている加那重と亜紀の差異を感じ取っているのかもしれない。触られて悦ぶところ、反応の仕方、指を挿し込んだ内部のかたちや濡れやすさ。相似と相違に興奮しながら二本のろうそくは透明なろうをとろとろ垂らして炎を伸ばす。鳥肌は消え失せ、代わりに毛穴の深いところからじわりと汗が滲《にじ》み出して性交の温度と湿度を上げていく。密着した身体の間で汗が蒸れる感覚は街中や電車内だと不快でしかないのに、なぜ今はこんなに気持ちがいいんだろう。森生の平熱は三十七℃近くと高いけれど、この人もそうだろうか。汗の味も同じだろうか。どうしても知りたくなり、鎖骨の下を舐め上げた。驚いたのか帆積はぴくっと軽く身ぶるいし、突然水をかけられた犬みたいな反応が愉しくて思わず息だけで笑うと、やや乱暴にへその下を吸われた。亜紀の発情がたぎっているところ。

森生と同じ長さの指に弄《いじ》られて亜紀はとめどなく潤った。動物が水を貪っているような音がマットレスの軋みも空調のかすかなうなりもかき消してしまうほど。神経をきゅっと丸めて詰めた種のような突起を擦《こす》られると繰り返しちいさく感電してうぶ毛までふるえた。コンドーム越しにでもわかるほど血管を太らせた義弟の性器がなめらかに亜紀を充たした瞬間、大好き、と思った。

森生、大好き。大好きよ。

恋愛期間中も含め、夫への愛をこれほど強烈に感じたことはなかった。暴発しそうな愛情は目の前の雄への欲望と何ら矛盾せず、加那重の「身体ってふしぎだねえ」という言葉を思い出した。そうだね加那重、肉体も心もふしぎで思いどおりにならない。でも本当はそれが当たり前なんだって確かめたいから、セックスするのかもしれない。

「……ねえ」

初めて喘ぎ以外の言語で呼びかけると、帆積がもどかしそうに動きを止める。

「ううん、そのまま、しながら聞いて。……森生と亜紀も、今頃こうしてたりして、って、思わない？」

語尾にかぶせるように強く突き上げられ、怒らせたかと思ったけれど、帆積は顎から汗を滴らせて「思う」と答えた。そう、彼らも、欲と愛の妙を噛《か》みしめているのかもしれない。今夜、亜紀と森生が、加那重と帆積が、久しぶりに交わるのかもしれない。

「黒猫を飼い始めた」全26作品の2文目までの書き出し

1. 「妻の黒猫」潮谷験｜黒猫を飼い始めた。正しくは、飼わざるを得なくなった、と言うべきだろう。
2. 「灰中さんは黙っていてくれる」紙城境介｜黒猫を飼い始めた。同じクラスの灰中さんが。
3. 「イメチェン」結城真一郎｜黒猫を飼い始めた。そう聞こえた気がして、むむ、と顔を上げる。
4. 「Buried with my CAAAAAT.」斜線堂有紀｜黒猫を飼い始めた。一つの空間の中で住を共にするのだから、飼い始めたといっていいはずだ。
5. 「天使と悪魔のチマ」辻真先｜黒猫を飼い始めた。軽い調子で里佳がそういった。
6. 「レモンの目」一穂ミチ｜黒猫を飼い始めた。……と言っても、毎晩数十分程度の話。
7. 「メールが届いたとき私は」宮西真冬｜黒猫を飼い始めた。学生時代からの男友達、藤田肇から、そうメールが送られてきた。
8. 「メイにまっしぐら」柾木政宗｜黒猫を飼い始めた。一さて。
9. 「ミミのお食事」真下みこと｜黒猫を飼い始めた。もともと彼が飼っていたアメリカンショートヘアを、私が引き取った形だ。
10. 「神の両側で猫を飼う」似鳥鶏｜黒猫を飼い始めた。本当はもう、動物を飼うつもりはなかった。
11. 「黒猫の暗号」周木律｜黒猫を飼い始めた。一というダイイングメッセージがあったなら、あなたはどんな推理をしますか。
12. 「スフィンクスの謎かけ」犬飼ねこそぎ｜黒猫を飼い始めた。というより、飼うことになった。
13. 「飽くまで」青崎有吾｜黒猫を飼い始めた。三ヵ月で人にやってしまった。
14. 「猫飼人」小野寺史宜　黒猫を飼い始めた。彼女を失った友が。
15. 「晦日の月猫」高田崇史｜黒猫を飼い始めた。といっても、どこぞの家から貰い受けたわけではないし、家の中で一緒に暮らしているわけでもない。
16. 「ヒトに関するいくつかの考察」紺野天龍｜黒猫を飼い始めた。より正確に表現するならば、勝手にアパートに住み着いた、と言うべきか。
17. 「そして黒猫を見つけた」杉山幌｜黒猫を飼い始めた。が、黒猫との生活はたった一日で終わりを告げてしまった。
18. 「ササミ」原田ひ香｜黒猫を飼い始めた。最近、黒猫というのは人気がないらしい。
19. 「キーワードは黒猫」森川智喜｜黒猫を飼い始めた。ダイイングメッセージとして使うためだ。
20. 「冷たい牢獄より」河村拓哉｜黒猫を飼い始めた。今朝、飼うように命じられたのだった。
21. 「アリサ先輩」秋竹サラダ｜黒猫を飼い始めた。「名前はローズヒップだから、よろしく」
22. 「登美子の足音」矢部嵩｜黒猫を飼い始めた。家族皆で飼うことになった。
23. 「会社に行きたくない田中さん」朱野帰子｜黒猫を飼い始めた。それにしても、あの女は何が気に入らなかったんだろう？
24. 「ゲラが来た」方丈貴恵｜黒猫を飼い始めた。二瓶が打ち合わせの帰りに拾ってきた子猫で、名前はソングという。
25. 「独り暮らしの母」三津田信三｜「黒猫を飼い始めた」田舎の実家で独り暮らしをする母親から、そんなメールが届いたので、最初は安心して喜んでいたけどー という友達Sの体験談を、僕は去年の十月下旬に知った。
26. 「黒猫はなにを見たか」円居挽｜黒猫を飼い始めた。まず私の恩師の死から説明せねばならない。

両方の膝裏を力任せに持ち上げられる。やわらかな皮膚に食い込む指の圧にも森生を見つけ、亜紀は歓喜し、自分の体内にいる男をいっそう締めつける。森生と同じで違う腰を、目に見えないかけらをかき集めるような切実さで抱きしめ、律動を催促した。でも、不用意に爪を立てたりはしない。わたしはこの身体を大切にかわいがって抱いてあげる。森生の弟で加那重の男だから。ろうそくはぐずぐずに溶け落ちそうになりながら揺らめいて燃え、暗い部屋にいるのに視界が白く霞んでくる。崩れかけのろうそくがだんだんと白い旗に見えてきた。

わたしたちは白旗を上げた。自分の渇きに、パートナーを渇かせてしまうことに耐えられなかった。でも、束の間こうして肉と欲を明け渡す快感ときたら。亜紀の眼前で旗は誇らしげになびき、敗北よりは何かが始まる色に思えた。

Still love me?

どうしてだろう。会う前は、すこし、好きじゃなくなっている。前に言われた、揚げ足を取るような軽口、会話のテンションのずれ。紙でこしらえた切り傷みたいにちくちくする記憶が次々浮かんできて、一史のためにわざわざ身支度をして出かけることが億劫になる。顔を合わせてもすぐ諍《いさか》いになってしまいそうだとか、仏頂面ばかり見せてしまいそうだとか、悪い想像ばかり働いて足が重い。一史の耳の後ろからうなじにかけて、てんてんてんと等間隔に並ぶ三つのほくろを思い描くだけで何だか憎たらしい。

でも、実際に会うと、正確には定型のあいさつみたいに投げられるひとつの問いを聞いた瞬間、負の感情は溶け落ちて蒸発する。そして別れた後は、前に会った時よりもっと好きになってしまった、と思っている。温《おん》の十七年間はおおむねそのループで過ぎた。温と同じ名字の一史。かずふみじゃなくていちふみです、って訂正するたびに人の印象に残るだろうからって理由の名づけ、ひどいよな。そう笑いかけてきたのは、互いが何歳の時だったか。

今は会う前だから、温は恒例の低気圧だった。空港まで迎えに行く、と自分から言ったくせに、九月になっても引ける気配を見せない蒸し暑さや、降るんか降らへんのかはっきりせえよ、と言いたくなる断続的な小雨、夜の時間帯に大阪市内へ向かう道路の渋滞予測がますます心を曇らせる。

大阪国際空港、と名乗りながら今は国内線しか飛ばない伊丹《いたみ》空港の到着ロビーで待っていると、手のひらに握った車のキーが体温でぬるまるより早く、一史が現れた。

「おかえり」

「ただいま」

「早かったやん」

「荷物、機内持ち込みにしたから」

小型のキャリーと大げさじゃないデイパック、どっちか持つわと申し出たが「大丈夫」とやんわり断られた。一史の「大丈夫」ほど嘘くさいものもないのだが、駐車場まですぐだし、食い下がりはしなかった。

「伊丹、初めて降りた。ちいさいな」

一史はもの珍しそうに狭いロビーを見渡す。

「成田《なりた》に比べたら、おもちゃ箱みたいやろ」

「そこまでじゃないけど。まさか、関空があんなことになるとは思わなかったから」

一史が旅立ってすぐ、猛烈な台風が関空の半分くらいを水浸しにし、陸地とを結ぶ連絡橋を破損させた。心配になって電話をかけたら「まじで？　ぎりぎりセーフだったんだな」と笑っていて、その時ものんきさにすこしいらっとした。でも「伊丹便に振り替えられた」と連絡がくると、すぐ「迎えに行く」と申し出た。心配だったから。いろんな意味で。

――ありがとう。ていうか、それなら行きも送ってくれりゃよかったのに。

一史は口先だけで図々しいことを言うが、実際に手を差し伸べられたらやわらかく笑って拒絶するようなところがある男だった。今までかけてきた言葉や心がひとつも通じていなかったと思わせるような冷淡さを秘めていた。温はいつか（これもいつだか忘れた）「一史は人を寂しくさせる天才」と言った。一史は「誰も誰かを寂しくさせたりできない」と答えた。「自分で寂しくなってるだけだから、自己責任」。本当に、腹の立つ従兄だ。

――仕事あるし。神戸《こうべ》から関空、遠いもん。

――知れてるだろ。

――気持ちの問題。梅田《うめだ》より南なんて普段行かへん。

――どんだけ狭いんだよ、お前の世界は。

――大きなお世話。

電話を切った後、フライトスケジュールがＬＩＮＥで送られてきたから、本当に迎えに行ってもいいらしいとわかった。

きょう一史と対面するのは、いつも以上に怖かったのだけれど、向こうは別段変わりなかった。ものすごく落ち込んでも、逆にすっきりとしたふうでもない——いや、まだわからへんな、いつものあれがまだ出てへん。油断したらあかん、と自分に言い聞かせ、すぐに油断って何やろ、と思った。何に対する油断や。何を警戒したらええねん。答えを出せないまま、先に立って歩き出す。駐車場に着いても、荷物をトランクに放り込んで車を発進させても、一史の口から恒例の質問は出てこなかった。繁華街や混み合った電車内で切り出す時もあり、一史なりのタイミングをまだ読みきれない。

「ワイパー、あんまかけないでくれ」

助手席の一史は、温が待っている——のかいないのか、自分でも定かではないのだけれど——ものとは、似ても似つかない台詞を言った。

「何で」

「ほら、ここがさ」

ダッシュボードの上部を指差す。フロントガラスにくまなく散った雨滴が周囲の明かりに照らされ、いくつもの影を落としていた。温はミラーボールの光の粒が反転したみたいやな、と思い、一史は「プラネタリウムっぽくてきれいだろ」と目を細めた。

「ちょうど、自然史博物館で見てきたんだ。"DARK UNIVERSE"、案外起きてられたよ」

「ふうん」

心に余裕がなくて、生返事をしてしまう。ワイパーを作動させると「何だよ」と抗議されたが「危ないし」と一蹴した。

「全然車動いてねーじゃん」

「それでも」

「大阪市内までどんくらいかかんだろ」

腰がばっきばきだよ、とぼやいて窓の外を見た一史が「あ」と洩らす。

「あっちも渋滞してる」

星にしては大きすぎる飛行機の光が、空港の上空に三つ連なっていた。これから、管制塔の指示に従ってそれぞれの滑走路に降りてくるのだろう。地上からだと止まって見える三機の距離は、ため息が出るほど均等に保たれていた。

「一史のほくろみたい」

「え？」

「首んとこ、自分で知らんの」

ここ、と爪の先でちょんちょん示してやると、一史は首すじを手のひらで覆った。その拍子に、手の甲には土の中の恐竜化石みたいな腱《けん》が浮き上がり、ただのパーツに過ぎない眺めにさえ温は胸が苦しくなる。ああ、あかん、もう好きじゃなくなくなった。まだあれを訊かれていないのに。切った爪、抜けた髪の毛、さすがにそんなものには惹かれないけれど、息をして、生きている一史を構成している一部なら、どんなに些細なかけらでもきっと温の心臓を痛めつけることができるのだろう。

「空は広いとか自由だとか言うけど、航空機が飛べるコースなんかきっとものすごく限られてんだろうな」

「そらまあ領空とかあるし、最短ルート飛ばなあかんし、ほかの航空会社との兼ね合いもあるやろし……選択肢はないに等しいんちゃう」

聞いているのかいないのか、一史の目はまた飛行機の灯火に吸い寄せられている。その胸を斜めに横切るシートベルトがかすかに上下し、ポロシャツの下の呼吸を伝える。のろのろと阪神高速に入ったものの、車列の進みは相変わらずにぶい。沈黙がいやだと思った。どんどん怖くなる。でもラジオや音楽でごまかす気にもなれず、温は思いきって尋ねた。

「ニューヨーク、どうやった」

狭いよ、と一史は短く答えた。

「マンハッタンしかうろついてないせいだろうけど」

「神戸から梅田までの俺の世界より?」

「いい勝負」

そこでやっと温のほうを向き「朝、りんごかじりながら地下鉄の駅にさっそうと歩いてく女見たんだ」とやたら真顔で言う。しょーもな、と温は呆れた。

「ベッタベタやん。何それ」

「ほんとだって。おおニューヨーカーだ、って俺もびっくりしたし」

嘘や、ほんとだよ、というやりとりを繰り返し、一史がさほどナーバスになっていないらしいことに安堵《あんど》した。だから温はさらに勇気を出して、もう一度尋ねる。

「……何できょうは、あれ訊いてけーへんの」


東京に住んでいた伯父一家が転勤で大阪市内に引っ越してきたのは、温が中学一年生の時だった。距離が近くなったぶん、四つ年上の従兄とのつき合いも必然的に増え、盆暮れ以外でもこまごま交流するようになった。

——俺、男できたよ。

告白、というほどの深刻さもなく、ある日一史は言った。一史が大学一年、温が中学三年の夏休みで、一史は高校受験を控えた温の家庭教師に来ていた。休憩中、棒つきのアイスをかじりながら、それまでの雑談と変わりないテンションで放たれた言葉を、温は最初うまく飲み込めなかった。一史が彼女を妊娠させて、子どもが男の子、という意味かと思った。

——温、それ早く食わないと溶けるぞ。

——え、うん……一史、結婚すんの？

——は？　できるわけないだろ。男だっつってんのに。

そこでやっと、「男」が「恋人」という意味だと分かった。

——伯父さんら、知ってんの？

——知らない知らない。

——何で俺に言うん。

——別に。いま何となく言いたくなったから。

十五歳の目に映る十九歳は大人で、従兄の心中など測りようもなかった。テーブルに肘《ひじ》をついたままぼんやりと蟬《せみ》の声を聞いていた。つけっぱなしのテレビからは高校野球中継が流れてくる。

——あ、馬鹿。

隣に座っていた一史が、不意に温の手首を取って口元に持っていく。手つかずのまま頼りなく崩れかかっていたアイスが「男できたよ」と動いた唇の間に呑み込まれた。それはほんの一部で、残りはずるりと棒を伝い、温の手に垂れる。温はまだ固まったまま「つめた」とだけつぶやいた。

——あーあ。そのまま動くなよ。

一史は、なぜか自分が食べていたアイスの棒を温の口に差し込むと、立ち上がってウェットティッシュを取りに行く。理由を訊いたら「何となく」と答えたかもしれない。手を白く汚して滴るバニラの甘ったるい香り。温は木の棒にきしきし歯を立てた。

それ以来、一史の「男」について改めて訊くでも語られるでもなかったが、十五と十九が十八と二十二になる頃には、いくつかの情報を得ていた。相手は大学のひとつ上の先輩で、三年次からはアメリカの大学に編入し、そのまま現地で就職したらしい。一史が大阪の企業に内定をもらったと親づてに知った時、余計なお世話だとは思いつつ「どないすんの」と尋ねた。

——何が？　大阪弁もマスターしてないのに、って？

——ちゃうわ。

はぐらかされているのがわかる程度には大人で、そこから核心に触れない話運びができない程度には子ども、十八歳とはそういう年齢だった。

九月の夜が、今みたいにこびりつく残暑のさなかだったのか、覚えていない。忘れたくても忘れられない日なのに、いつの間にか細部が曖昧になっている。今度は大学受験の面倒を見てもらっていた。両親は不在で、ダイニングのテーブルで宅配のピザを食べていた。

——一史。

——ん？

——好きやねん、けど、

続きがあるような言い方になってしまったが、その先の言葉なんてなかった。「好きやねん。」とか「好きです。」と句点で結んでしまうのが怖かった。ほどかれておしまいに決まっているから。

一史は、ぽかんと、生まれてこの方の記憶を一瞬で失ったような顔になった。それが、自分の唐突な告白のせいじゃないのは、うつろな瞳の向いた先でわかった。

また、つけっぱなしだったテレビ。音を絞った画面の中で、二棟の高層ビルがもくもくと黒煙を上げている。「世界貿易センタービルに航空機が激突」というテロップが出ていた。一史が、知らない誰かの名前を呼んだ。

——一史。

大丈夫、と静かな声が返ってくる。

——温。

——なに。

——俺のこと、好きか。

――うん。

――ありがとう。きょうはもう帰るな。

半分も食べていないピザと、飛行機がビルに突っ込んでいく瞬間のリピート映像と、温を残して一史は出ていった。

最悪なタイミングで告白しました選手権なんてものがあったら、自分はけっこういいところまでいくと思う。一史の恋人は、あの日、あの場所にいた。「一史くんの友達、亡くなったらしいね」と母から聞いた。

――だいぶショック受けてふさぎ込んでるみたいやから、しばらく家庭教師は遠慮しとこな。

黙りこくっていると、何も知らない母は「ほんまお気の毒やわ」と嘆く。

――新聞にも載ってたわ。あっちで婚約者もおったんやって。ほんまに、何でこんなことで……。

温は、ただひたすらに怖かった。一度起こったら、決してなかったことにはできないというこの世のルールが。それを初めて、こんなかたちで思い知らされたことが。軽率な告白、一史の恋人の裏切り、恋人の死。全部が現実で、この現実を土台に日常を送らなくてはならない。思いを打ち明けたことを何度後悔したかわからない。それでも、温の言葉くらいなら、一史が無視して忘れてくれたら、時間の中に埋めてしまえる。そう思っていたのに、十月の終わりにやって来た一史は、すこしやせた顔に笑みを浮かべて問いかけた。

——温。俺のこと、まだ好きか。

温は「うん」と頷いてしまった。

——ありがとう。

それから、折に触れ一史はその質問を繰り返した。温が受験を終え、一史が就職して会う機会がぐっと減っても。温の答えも、その後の「ありがとう」も変わらない。初めのうちこそ、ショックすぎて精神が不安定になったのかと危ぶんだが、それ以外はいつもの一史だったから、じきに慣れた。

永遠って、案外簡単やったりして、と温は思う。一史が好きだった。好きでいる努力も好きでなくなる努力もせずにいたら、あっという間に十七年が過ぎ、温の人生は、あの九月でほぼ半分に折りたためる長さになった。一史は、「マイル失効しそうだし、まとまった休み取れたから」とおそらく初めてニューヨークに旅立った。どんな気持ちの変化があったのかなかったのか、温は知らない。

三十九歳の一史が問う。

「温は、何であの時、俺に好きって言おうと思ったんだ？」

「変化球やな」

「たまには」

短い前進と停滞を繰り返し、車はもどかしいペースで一史の家へと向かっている。さっきの飛行機は、もう振り返らないと見えない。温は「あの日」と口を開いた。

「学校、午後から映画鑑賞で、だるいからさぼって梅田で遊んどってん。夕方、友達が伊丹で飛行機見たい言い出して、全然興味なかってんけど、まあええかって阪急乗って、蛍池《ほたるがいけ》のへんにきたら、飛行機がものすごいでっかくて」

「そりゃそうだろ、空港近いんだから」

「だって初めて見たもん。窓の外で、飛行機が腹から市街地に沈んでくみたいなん。めっちゃびびった、ゆっくり墜落してんのかと思った」

夕暮れのオレンジを背景に、旅客機は音もなく、ありふれた住宅地に吸い込まれていった——ように見えた。

「この世の終わりかと思って——そんなわけなかってんけど——いつほんまに終わるんかわからんから、言いたいこと言っとこかな、って思った」

そんだけ、とぶっきらぼうにつけ足すと、助手席から伸びた手がぐりぐりと温の頭を揉《も》む。

「やめろ」

「何でその話、今まで教えてくれなかったんだよ」

「言えるわけないやろ」

温が目撃したのとは全く別の飛行機が遠い異国でビルを破壊し、一史の恋人と、大勢の人間の世界を終わらせた。

「……泣くなよ、温」

「うっさいな」

自分が泣く筋合いなどないはずなのに、一史の涙も見ていないのに、あの夜から十七年経って、温は初めて泣いている。一史の手が、今度はやさしく髪を撫《な》でた。

「あのビルの跡地、行ってきたよ。今は慰霊碑になってる。四角い穴の中を水が流れて、もっと深くて暗い穴に落ちてく。人の名前がたくさん刻んであったけど、見つけたところでどうなるって話だから、探さなかった。追悼博物館にも入って、さすがに動揺するだろうと思ってたのに、ただただかわいそうになっただけだった」

「何で」

温は一史の手を押しのけた。

「何でそんな冷静なん」

「だって十七年前だよ。あいつ女いたし」

「……何も知らんかったん?」

「うん。まあ遠距離だし、そういうこともあるよな。当時も腹は立たなかった。裏切られてたんだから、俺はそんなに悲しまなくていいんだって、負担を減らしてもらったような安堵すらあった。今は、心底気の毒に思う。平気で二股かけられるほど器用なやつじゃなかった。どう俺に切り出そうかってずっと考えてたはずだよ。たった二十二で、遺体も残らない死に方するのに、その直前まで悩んでたんだろう」

「一史、そんなお人好しやったっけ」

まだ好きなのかもしれない、と思った。

失礼な、と一史は笑ってから「温も、あそこに行けばわかると思う」と穏やかに言った。

「じゃあ行かへん」

「何でだよ。……ミュージアムの壁に、掲げてあるんだ。"NO DAY SHALL ERASE YOU FROM THE MEMORY OF TIME"」

思い出からあなたが消える日はこない。

「それ見た時に思い出したのは、俺が何度も何度も『好きか』って訊いて、そのたび『うん』って当たり前みたいに頷いてくれる温の顔だった。大事なものが粉々に壊れて、ピザは見るだけで吐くようになって、手元に残ったのが温の告白だけだったから、同じピースを積み上げ続けるしかなかった。それがいつの間にか高く頑丈になって俺を寄りかからせてくれてる。初めて涙が出た。知らない人が、肩叩いて慰めてくれた。いや違うんだよって思ったけど、違わないような気もしたからサンクスって言った」

押しのけたばかりの手が、温の涙を拭う。

「温。ありがとう。ずっと」

「……俺の質問、答えてへんやろ」

「なに」

「何できょうは訊かへんのかって」

「『もう好きじゃない』って言われたらどうしようって、急に怖くなったから」

「あほか……」

舌の上に、バニラの味がよみがえる。一史の唇にも、同じ甘さが伝わっているだろうか。車列は再び動かなくなった。十七年ぶんにはほど遠く短いキスが終わったら、温のほうから「俺のこと好き?」と訊くだろう。

BL

「男は男しか好きにならないようにしようと思う」

ある日シサクが言った。シサクが口にしたことならそれはもう既定路線なんだろうなと思い、ニンは「へえ」と答えた。

「差し支えなければ理由を訊いても？」

「リピカがＢＬ好きだから」

「Boy's Love のこと？　そういえば言ってたね」

シサクは愛用のリクライニングチェアに深く身体を預け、フットレストの上で足の指にしゃべらせるようにもぞもぞ動かしてみせた。靴下が左右違う。大方どこかで脱ぎ散らかして片割れ同士が行方不明になっているのだろう。そしてまたあらぬところから——冷蔵庫の裏とか、本棚の隙間とか——ニンが発見することになる。天才は私生活においてポンコツである、というベタなテンプレにシサクは忠実だ。黒無地の同じ靴下を大量に買うよう進言してもフルシカトで、もこもこタイプや重ねばきタイプや足指分割タイプをネットで注文してしまう。そして届く頃にはどうでもよくなって放置するので、ニンが包装を剝がし、分別し、明細やチラシをシュレッダーにかけなくてはならない。

「でもあれはあくまでフィクションだろ？」

「だからノンフィクションにする。好きなものに囲まれるのは楽しいだろ、リピカのためにやってやるんだ」

ニンはため息をついて言った。

「振られたからって地球規模で八つ当たりする人間はきみくらいだ」

「違う、彼女のためを思ってだ。ざっと計画を立てたから読んで意見くれ」

「はいはい」

シサクがどんなに突拍子もないばかげた行動に出ても、ニンは最終的に肯定し、服従する。なぜならシサクは博士で、ニンはその助手だから。


シサクとニンが出会った場所は、ある児童養護施設だった。正しくは児童養護施設という名目で設立された国家的な教育機関で、ダ・ヴィンチのような、ガリレオのような天才を育成するプロジェクトの適合者として、国じゅうから孤児や知能の高い子どもたちが集められ、共同生活を送っていた。将来有望と見なされれば、乳飲み子だろうが親とは完全に切り離される。施設はただ「家」と呼ばれていた。

病気、戦争、飢餓、貧困、犯罪といった人類の課題を解決するための頭脳を育成しようという試みの下《もと》、シサクとニンはそれぞれ二歳にもならないうちから「家」に引き取られてすくすく育った。なかでもシサクの優秀さは群を抜いていて、ニンは二百人足らずのメンバーで中の下というところだったけれど、子どもたちを管理指導するＡＩ、通称メンターが彼らの相性は非常に良好だと判断し、また年齢もニンがシサクのふたつ上と近かったのでふたりはペアにされて期待どおりに友情を育んだ。ニンはシサクのサポートに回ることでよりポテンシャルを発揮し、シサクはニンの助言を受けることでより迅速に最適解を導き出せる。

　家族がいないことは気にならなかった。みんな物心つく前に「家」にやってきて、もちろんその歳で克明な記憶を持つ者も少なくはなかったが、肉親への思慕や環境への違和感は細心の注意で取り除かれていった。メンターと経験豊かな施設のスタッフたちによって情操教育が施され、子どもたちが外界から得る情報は何重にもフィルタリングされる。

　ニンは鋭敏な感受性と動物的な勘を持ち、自分たちが特殊な存在だということを早くから悟っていた。己の非凡さに無頓着なシサクと違い、洞察力を大人たちに気取られないほうが得策だという計算も働いた。ニンは各種の適性検査や心理実験を注意ぶかくくぐり抜け、「天才を補強するための秀才」という役割の中で息をひそめていた。

　リピカに初めて会ったのはシサクが十二、ニンが十四の時。彼女はオンラインで文学の講義を担当する二十四歳の大学院生だった。子どもたちの教育は大半が少人数での対面式だったが、オンライン上のコミュニケーションに慣れるため遠隔授業のカリキュラムも用意されていた。シサクはリピカをひと目見た瞬間恋に落ちた。それに気づいたのは、隣の席にいたニンのほうが先だった。

リピカが画面越しに「初めまして、国家のエース候補さんたち」とほほ笑んだ瞬間、シサクの目はシャボン玉をまとったように輝いた。まつげの下の球面がみるみる美しいプリズムで潤っていき、いったいこれはどういう現象なのかとニンは訝《いぶか》しんだ。

次の日、シサクはニンに話しかけた。

「きのうの哲学の授業でパジン先生が話してたことを覚えてる？」

（リピカ先生を見てたら下半身が痛くなる）

「ドイツの教会の？」

（普通そこは胸が痛くなるっていうんだよ）

「そう。ジョン・ケージの曲を流すオルガン。聴きに行ってみたいな」

（胸っていうのはどこ？　肋間神経？　筋肉？　肺や胸膜？）

「確か最初の和音が鳴るまで一年半かかったんだろ、タイミング間違えて休符にかち合ったら何も聴こえないよ」

（心臓）

「違うよ、無音を聴きに行くんだ」

（心臓に痛覚はない）

えらそう、とニンは笑う。

プライベートな話をする時、ふたりは「家」の至るところに設置された監視カメラの死角で指文字を使った。並んで座り、雑談に興じるふりをしながら互いの背中に指で文字を書く。日常的に盗聴もされているだろうからとニンが提案し、専用の文字はシサクが発明した。だからこのやり取りはふたりにしか解読できない。もし誰かが来たとしても、少年らしくくっついてじゃれ合っているようにしか見えないだろう。

ニンはシサクに、恋心を悟られないようアドバイスした。大人たちは、思春期の少年少女の不安定な精神状態にひどく神経質だったから。知識として必要な性教育を施しつつ、特定の男女が不必要に接近する兆候が見られれば即座にクラスを分け、それでもなおのぼせ上がるようなら「特別プログラム」に送り込んだ。プログラムの内容は誰も知らない。修了した子どもは一様に固く口を閉ざし、ふたりきりでデートがしてみたいなどとは二度と口走らなくなる。きみたちに必要なのは友愛であって恋愛ではない、と教官は何度も釘《くぎ》を刺した。

（それなら、もっとガチガチに締めつければいいのに）

（バランスが大事なんだ。ある程度管理はされているけど、縛られてはいないって思わせるために。鎖じゃなくてベルトなんだって錯覚させなきゃ）

口では最近流行《はや》っているeスポーツの大会について話しながら、ふたりは背中でそんな会話を続けていた。

（ニンは時々怖い）

シサクは書いた。

（将来はここで働いてたりして）

それも悪くない、とニンは思う。シサクのサポーターとしてお役御免になったら、「家」で子どもたちを育成指導する立場につくのも。シサクは国家の頭脳として活躍するだろうから、自分は第二、第三のシサクを支える。

しかし、そんなニンの未来予想図はあっけなく裏切られる。ある日突然、他国からの侵攻を受けた。他国にとっては「独裁政権から国民を解放するための戦い」だった。「家」の子どもたちは残らず保護され、第三国へ身柄を移された。母国にいると政権の残党や愛国主義者によって命を狙われる危険があるという建前で、でも本当のところは、彼らの稀有《けう》な頭脳をどこの国も欲しがった。とりわけシサクの頭脳を。仲間たちは侵攻作戦に関わった国へ散り散りになっていった。自分たちは戦利品なんだな、とニンは理解した。切り分けられるホールケーキ。シサクはひときわぴかぴかしたいちごで、ニンはそのヘタのようなもの。

シサクとニンはともに新しい名前、新しい国籍、新しい生活を与えられた。シサクは十七歳、ニンは十九歳だった。本当の名前で呼び合うのは――それだって、実の親の命名とは限らないが――ふたりきりの時だけだった。ふたりは母国語での会話を禁じられたが、新しい「家」の言語を苦もなくマスターし、相変わらず互いの背中をノートに秘密の指文字で語り合った。監視や盗聴を警戒するくせが抜けない。シサクはしきりとリピカの身を案じていたが、母国に関する情報は著しく制限され、彼女の動向を窺い知ることはできなかった。

（機密漏洩《ろうえい》を防ぐために処刑されたか、国際法廷に立たされてるのかもしれない）

（彼女は「家」に来たこともなかったし、都合よく使われた一般人にすぎない。どこかで元気に暮らしてるよ。監視の目から解放されて民主主義を謳歌してるのかも）

（楽観的すぎる）

（悲観的になったところで、できることはないよ）

もどかしさを表現したいのか、シサクの指先がニンの背中をとんとん叩く。

（頭脳なんか役に立たないな）

（胸が痛む？）

（いや）

シサクは明快に答えた。

（心配ではあるけれど、それで胸部痛を生じるなんていうのが理解不能だ。頭痛ならまだわ

かる）

（そっか）

大事なのは進んで新しい生活に馴染《なじ》むことだ、とニンは助言した。そうすれば監視の目が緩み、ある程度の自由を得てリピカの消息も探れるだろう。

（ドイツにも行けるかな？）

（まだパスポートも作れないと思う。ひょっとして、前に言ってた「教会に行きたい」って本気だった？）

（うん）

施設の教官が気まぐれに語ったオルガンの話。その教会ではジョン・ケージの「オルガン2／As Slow As Possible」という曲が流れ続けている。ただし、「できるだけゆっくりと」という曲名のとおり、演奏が終わるまでにはあと六百年以上を要する。二〇〇一年に始まり、二六四〇年に終わる。教官はその試みを「愚かな戯れ」だと語った。自己満足だ。意味がない。誰も、何も利さない。君たちに求められるのは〝As Soon As Possible〟だから、早く成長し、成熟し、国家に受けた恩を返さねばならない。それも〝As Much As Possible〟に。

その教会を訪れたところで、オルガンのぼやけた音が引き伸ばされて響いているだけだろうに、シサクはやけにご執心だった。理由はない、けれど行ってみたい。それはＡＩにない人間の不合理性、閃《ひらめ》きと創造性の種だった。百科事典を暗記するより、四色問題の証明に迫るより重んじられるべき人間性が、シサクをシサクたらしめていた。

ふたりは新たな祖国が自分たちを檻《おり》から解放し、人間らしい暮らしを与えてくれたとたびたび感謝を口にし、施設での生活がいかに息苦しく非人道的だったかを訴えた。結果、一部から「裏切り者」と非難され身の危険は増したが、新天地である程度の信用を勝ち取り、翌年にはふたり揃って大学に入学し、一年で院に飛び級を果たした。シサクは人工臓器の開発やメジャーな病の征圧、寿命の延長といった医療方面の研究に打ち込んだ。

(リピカを見つけた)

ニンがそう告げたのは、シサクが二十歳の時だった。

(どこで?)

(リアルで、じゃない。メタバース)

元祖国では今やそんなメジャーなＳＮＳも許されていることに、シサクは軽い衝撃を受けた。

(話せるよ)

(俺たちにアカウントが作れる?)

(足がつかないアカウントを買った)

ニンはこともなげに言う。もしばれたところで、世話になった相手にコンタクトを取りたいと思うのは当たり前だと開き直ればいい、とも。シサクにご機嫌を損ねられたら困る人間が、この国には大勢いる。パワーバランスの取り方をニンはよくわかっていた、というかシサクが世間知らずすぎた。シサクが開発した常温保存可能な人工血液はすでに人体での治験を終え、もうすぐ実用化される。

仮想空間上で、シサクは三年ぶりにリピカと再会を果たした。彼女のアバターは首から上が猫のキャラクターで、シサクはニンに（こういうのが好きなのかな？）と尋ねた。

（猫が好きなだけで、これが理想の自分って意味じゃないと思う）

（何だ）

つまらなそうな横顔を見るに、リピカが望めば人体改造に挑むつもりだったらしい。人間の体に猫の頭部がリアルで乗っかっていたら相当怖いという想像力がシサクには欠如している。

懐かしい生まれ故郷の言葉で話しかけると、リピカは「シサクなの？　本当に？」と最初は懐疑的だったが、文学の授業の思い出や、彼女が好きだったイタロ・カルヴィーノの小説について事細かに語るうちに心を許し「無事でよかった」と喜んでくれた。今の名前や生活については話せなかったが、しばし旧交を温め、次はお互い顔を見て話そうと約束した。

ログアウトした後、シサクはよろけるようにベッドに転がり、仰向けになって息をついた。

「疲れた？」

「妙な気分だ」

ニンが手のひらを差し出すとシサクはゆっくり指を這わせた。ニンはくすぐったかったが我慢した。

（心が満腹したようでもあるし、生身の彼女に会える見込みは当面ないと思うと腹ぺこな気もする）

ニンはシサクの腹に指文字を書いた。シサクはふ、ふ、と吐息で笑った。

（胸が痛い？）

「いや」

後日、シサクはビデオ通話でリピカの顔を見ることができた。

『本当に、本物のシサクなのね。それにニンも！　あなたたち、昔も仲がよかったものね』

「うん」

ニンは控えめに答え、基本的には会話の聞き役に徹して口を挟まなかった。回線の安全面を考慮し、十五分程度の短い通話を終えると、シサクは「彼女、昔のままだ」と満足そうに頬をほころばせた。

「髪型や髪の色は変わってたけど」

「でも声や、表情や、ちょっと考え込む時に左斜め下を見る癖とか……リピカが生きていてくれたことを、彼女でも彼女の両親でもない誰かに感謝したいけど、思いつかない」

こういう時のために信仰が必要なんだな、と、リピカとの通話の名残でか、シサクは遠い母国語でつぶやいた。

シサクとリピカはオンライン上で短い逢瀬を重ねた。ニンは「お邪魔だろうから」とカメラのフレーム外に引っ込んで仕事をしていた。「最近ハマってることは？」というシサクの質問に、リピカはしばし黙り込んでからぽつりと答えた。

『……ＢＬ』

「アルファベットのＢとＬ？　何の略？」

『ボーイズラブ。男性同士の恋愛をテーマにしたコンテンツのこと……ねえ、わたしのこと、変に思わないでね。こんなの、男の子に打ち明けるのは勇気がいるんだから。シサクならフラットに受け止めてくれそうだから言うのよ』

「変には思わないけど」

ハマる、という感覚も実はわかっていなかった。でも、ＢＬの何がどう魅力的なのか尋ねようとするとリピカは恥ずかしがり、「その話はおしまい」と打ち切った。

『知ってほしかったの。それだけで何となく満足っていうか。わがままを言うけど、わたしからその話題を振る時だけ黙って聞き役になってくれない?』

シサクはリピカのわがままを喜んで受け入れる。

十年の月日が流れた。シサクはその間に人体の免疫系の制御に関する遺伝子操作の手法を編み出し、臓器移植から「適合」という概念を取り去った。病に苦しむ多くの患者にとって福音となった一方、臓器売買に関する犯罪も急増した。先進国の一部では恋人や夫婦間で心臓を交換する移植手術が流行った。死がふたりを分かつとも、あなたの鼓動はわたしの中に。わたしの鼓動はあなたの中に。わたしがあなたを想う時、あなたの胸が痛む。わたしの胸が痛む時、あなたがわたしを想っている。そのロマンチックな幻想が若者を中心に広まった。

「リピカと心臓を交換できたらいいのにね」

その頃にはもう当局の盗聴を恐れなくなっていたニンが言った。シサクは「とんでもない」とかぶりを振る。

「彼女の胸が痛まなかったら、愛されていないんだと思うだろうし、俺の胸が痛んでも痛まなくても恐ろしい」

せつなげに言うものの、リピカに思いを伝えたわけではなかった。月に一度か二度、他愛ない近況報告をし合うだけだ。おまけに生活のほとんどを占める研究について口外できないものだから、記憶を掘り起こして昔のエピソードをオートリバースのように繰り返す。パスポートの取得と海外渡航をニンが何度か求めたが、暗殺や亡命を警戒してか、あれこれ理由をつけられて通らなかった。結局、自分たちは今も檻の中にいる。

シサクは核シェルターをリノベーションした地下のラボにこもって外出しようとしなかった。必要なものはニンが揃えるし、医療設備も充実しているから、必要とあればいつでも有能な医者を呼び寄せられる。完璧にコントロールされた光も水も空気も、地上よりずっと快適で信用がおけるものだった。

リピカは四十歳になっても独り身で、男の存在を匂わせるでもなく、小学校教師の仕事や年老いた両親の介護について、またBLというひそやかな趣味について話し、時たまモニターに映り込むのは飼っている黒猫くらい。彼女の寂しい身ぎれいさは却ってシサクをやきもきさせたようだった。

ある時、シサクは彼女に言った。

「ご両親が元気になればいいのにな」

『元気っていうのは無理ね。年老いてるのよ、経年劣化はどうしようもないでしょう？』

「古びたパーツは置き換えればいいんだ」

その日のシサクは珍しく酒を飲み、いつもより口が軽かった。

「臓器も骨も皮膚も筋肉も脳も代替品を用意できる、そんな時代がもうすぐ来るかもしれない」

『夢みたいな話』

リピカはもちろん本気にせず、お愛想の相槌を打った。

「そうなったら、人類は寿命という軛《くびき》から解放される。もちろん不老不死というわけにはいかないけど、長くて百年の寿命に合わせたスパンの転換期がやってきて、あらゆる文明と文化がまったく新しい局面を迎える」

『そんなのは怖いわ』

「死の恐怖の普遍性に比べたらどうってことないと思う」

『あなたは長生きしたいの？』

もちろん、とシサクは即答した。

「あと六百年くらい生きたい」

『欲張りすぎるわ。何をするの？』

「ドイツに行く。ハルバーシュタットのブルヒャルト教会で、ジョン・ケージの曲の最後の和音を聴きたい」

酒の勢いに任せてシサクはつけ加える。

「……きみと一緒に」

言葉の意図は伝わったようだった。リピカは左斜め下を見て、曖昧な笑みを浮かべる。シサクが恋に落ちた瞬間の、花びらがひらめくような微笑ではなかった。

『あなたの気持ちには応えられない』

リピカは控えめに、しかしはっきりとシサクを拒絶した。

長い初恋に破れたシサクは、「男は男しか好きにならないようにする」ことで片思いを葬ろうとした。リピカの趣味にかなっているし、リピカに近づく男もいなくなって一石二鳥だ。新しい分野の研究に没頭して我を忘れなければ、リピカを恨んでしまいそうだという不安もあったのかもしれない。

ニンは、施設の教官たちが恋心という感情を疫病のように恐れていたわけがわかった。神の領域に手が届く頭脳の持ち主がやけくそみたいな思いつきを実行に移そうとするのだから。

いや、自然なことなのかもしれない。思いつきを実現できる頭脳と資本と、それから自分のような手足さえいれば、欲望や衝動の矛先はあらゆるものに向かう。

「失恋したらさすがに胸が痛む？」

ニンは尋ねた。

「腹にブラックホールを飼ってるみたいな感じはする」
シサクは答える。
「でも胸は痛くないよ」

シサクの「世界BL化計画」には少々の時間を要した。シサクはまず環境分野の研究者に転身し、気候変動や気象予測、そして天候の制御に関する勉強を始めた。巨大なポンプとなって玉石混淆《ぎょくせきこんこう》に知識を吸い上げ、シサクにしかわからない工程で研ぎ澄ませていく。三年後にシサクは世界中の水資源を仔細な水位まで観測できる衛星システムと、安価で高精度の人工降雨装置、そして台風やハリケーンの目を「ほどく」技術を開発した。ニンはシサクが必要とするデータを集めたり、仮説を実証するための実験方法を考案したり、サポートに終始した。

新しい技術に国際社会からは懸念の声も上がったが、砂漠化や干ばつの問題を抱える国々がまず飛びつき、そこからは我も我もと世界中がシサクの発明に群がった。巨大なハリケーンの被害を未然に防ぎ、山火事を鎮め、ひび割れた大地に緑の萌芽をもたらす。地球全体の気象バランスや生態系が崩れるということもなく、人類はひとつの脅威を克服したかに見えた。

シサクの作った気象制御装置が各地に普及してから十年ほど経つと、世界各地である異変が現れた。出生率が右肩下がりになっていったのだ。それも、かねてから少子高齢化が叫ばれていた先進国より、平均年齢の若い発展途上国で顕著に。人口の推移を示すグラフを見ながらシサクは「始まったな」とつぶやいた。人工雨の核となるシーディング物質、嵐の目を散らすための氷の粒の中に、特殊な化学物質を組み込んでいた。ヒトのオスの性指向を決定づけるホルモンに作用するそれが雨とともに降りそそぎ、やがて飲み水として体内に蓄積された結果、世の男たちから「異性への恋愛感情」は失われていく。

男女カップルの成婚率はがくんと下がり、反比例して離婚率が上昇した。インフルエンサーも名もなき市民も次々カミングアウトを始め、男性同士の恋愛は急速にマジョリティ化していく。もちろん人々はその異変に気づいたが、気象制御装置と関連づけてシサクを批判する勢力は陰謀論者と見なされた。誰も日照りや不作や暴風雨に悩まされたくなかったし、何より当事者たる男たちが原因究明に消極的だった。たとえ自分の心が〝汚染〟されているのだとしても、「異性と恋愛し、性交し、繁殖する」システムに戻りたくなかった。だって目の前には魅力的な男がいる。彼に恋しない自分など考えられない――。

ヘテロの男は絶滅こそしなかったが、性的少数者として「守られるべき存在」であり、世の女性を選び放題、という特権的な立場にはならなかった。そして女たちは、男たちよりも状況の変化に対して柔軟だった。男性カップルと三人で「新しいかたちの家族」をつくり、体外受精で子を生《な》し、恋愛と別種の関係を育むことに勤《いそ》しんだ。受精卵を子宮に戻す必要はなく、胎児は四十週を医療機関の管理下で見守られる。人工孵卵器のようなものだ。妊娠の経過や出産を味わうのは女性の「チャレンジ」として一種のエクストリーム体験のように扱われた。

　男性から女性への痴漢や性犯罪は激減し、自分の顔や身体がオスの劣情を不用意に刺激しないかと心配する必要はもうない。反対に男性間でのＤＶやセクシャルハラスメントが急速に社会問題化したことによって、これまで女性が耐えてきた苦痛と屈辱にようやく光が当たり、法整備が進められた。男性と恋愛を楽しみたい女たちは、体感覚をそっくり再現できるメタバース空間に入り浸った。そこで理想的な架空の彼氏とデートやセックスを重ねて充実した時間を過ごせるし、現実の男は自分を性的に消費しない。

　大小の軋轢《あつれき》を挙げればきりがないが、ヒトはこれまでもさまざまな変化や危機に適応してきたようにニューノーマルを受け入れていった。心臓交換は、子を生せない男たちが結婚する際の誓いとしてスタンダードな行為になった。

　半世紀ほどかけて、人類の社会構造は変化した。ほとんどをシェルターで過ごし、クリーンな水を摂取するシサクとニンには何ら影響がなく、家の中から雨を眺めるように世界を傍観していた。老化遺伝子を抑制しつつ、くたびれた臓器は人工のものと交換して保存装置に押し込み、死から逃れながら。先進国の平均寿命は百五十歳を超えていたが、少子化もどんどん進んだ。そのうえ定期的に新しい伝染病が流行り数百万単位の死者が出る。地球が恒常化を図っているかのように、人口は百億に達しないラインで頭打ち傾向だった。

「結構かかったな」

シサクがつぶやくと、ニンは「劇的だよ」と正した。

「有史以来の人間のあり方を一変させたんだから」

「リピカは喜ぶかな」

「そういえば、その話題が出ないね」

「彼女もだいぶ歳を取ったから」

シサクはすこし悲しそうに言った。二十代半ばの容貌のまま健康を保っているシサクたちと違い、リピカは、スペアの臓器で生き永らえることを望まなかった。

「最近は、俺以上に同じ話を繰り返してばっかりだろ。先生だった頃の思い出とか」

「もうBLを好きじゃないのかな」

「そうかもな」

最近のシサクは、リピカに連絡するのをためらっているふうだった。彼女が遠からず死んでしまうこと、あるいは老いが進んでシサクの存在を忘れてしまうことをおそれて。

「シサクは今でもリピカが好きなんだね」

「好きじゃなくなる道理がない」

「いっぱいあるじゃないか。リピカはもうおばあさんだし、会うことも触れることもできない。あとは、けっこう年月も経ったし、恋愛感情が魔耗しても無理はない」

「それが道理なのか、よくわからないな」

「シサクにも?」

「俺にはわからないことだらけだよ」

シサクは"As Slow As Possible"のライブカメラにアクセスし、相変わらずふぁーんととぼけた音色を聴く。この五十年で音符をいくつ消化したのだろう。ニンは「リピカと話しなよ」と促し、シサクはちいさく頷いた。

「今回も傍で聞いててくれるか」

「もちろん」

「ニンは何でも聞いてくれるんだな」

「助手だからね」

『久しぶりね、シサク』

半年ぶりに見たリピカの瞳は、灰色に濁っていた。シサクのすぐ隣にいるニンに反応しないあたり、もう視力がほとんど残っていないのかもしれない。

「元気だった？」

シサクはおずおずと尋ねる。リピカと話す時のシサクは、青くさい十代の少年に戻ってしまうようだった。

『きょうはとても調子がいいの。きのう、家の前の通りにアーモンドの花が咲き始めて、もうそんな季節かって思ったわ。人間の世界は目まぐるしく変わってしまうから、植物のサイクルの規則正しさにほっとする』

「そうだね、人間は変わる……いつの間にか、男同士で結ばれるのが当然になったみたいに」

「ああ、そうね。いつからだったかしら。一時的なムーブメントの広がりかと思っていたら、すっかり定着した。人間ってふしぎね』

シサク、ひいては自分が原因だとは知る由《よし》もなく、リピカは小首を傾げた。シサクは「その……」と言葉を選びながら問いかける。

「リピカは昔、男同士の、そういうの、ＢＬが好きだっただろ？　現実がＢＬになってどんな気持ち？　嬉しいのか、その逆か」

リピカは焦点の合っていない目を丸くし「何を言うの」と笑い出した。

『ＢＬはＢＬ、現実は現実、それだけよ。懐かしい、ＢＬなんて久しぶりに口に出した』

「もう好きじゃない？」

『昔好きだった、と、今は好きじゃない、は厳密にイコールではないの。そう、昔は大好きだったわね。紆余曲折《うよきょくせつ》があっても最後は幸福で、それが永遠に続くと思わせてくれるロマンスに触れている時だけ、つらい現実から解放された。フィクションの男の人に、感謝というか、温かい感情が残ってる』

「今は現実がつらくないってこと？」

『薄れてきたわ。何もかもね。わたしはもう、自分がどんなふうにＢＬを好きだったか忘れてしまいつつある。あなたと話したいろんなことも』

「忘れるほどたくさんの思い出もないじゃないか」

シサクは怒ったように言った。

「そうね、考えてみたらわたしたち一度も直接会っていない。でもわたしはあなたについていろいろと考えてきた。賢すぎたから、国に人生を狂わされてしまった』

「そんなふうには思ってない」

『でも、あなたのためにもっとできることがあったはずだって思う。ごめんなさいね、わたしは頭がよくないからそれを見つけられないまま歳を取ってしまった……ねえ、昔、六百年後まで流れてるオルガンの話をしてくれたでしょう。あなたが本当に何百年も長生きしたら、最後の和音を大切な人と一緒に聴きに行ってほしいと思ってる』

リピカの目が潤み、ただでさえグレーにぼやけた瞳がいっそうにじんだ。

『あなたの心はまだ子どもだから、六百年かけてゆっくり大人になってね。As Slow As Possibleよ。今回で最後のおしゃべりにしましょう。若いままのあなたに、これ以上老醜を晒《さら》すのは悲しくなりそうだもの。さようなら、シサク。元気で』

真っ暗なモニターを見つめたまま、シサクは長いこと動かなかった。その背中にニンは指で尋ねる。

(悲しい?)

シサクの指は(うん)と答える。

(俺は何をやってたんだろう)

(今さら気づくなよと思うけど、反省したんなら世界を元に戻す?)

(時間がかかる)

(時間ならいっぱいあるよ、僕らにも人類にも)

(元の世界は正常で健全だろうか)

さあ、とニンはそれだけ声に出す。

(今の世界を自分の目で確かめてみたら?)

ふたりは半世紀ぶりに外出した。浄化されていない生の光や大気がおっかないのか、シサクは宇宙服なしで月面に放り出されたように不安げだったがじきに慣れ、自動運転の車で市街地へ向かった。

「もし、地球上を年がら年中咲くアーモンドの花でいっぱいにしたら、リピカは喜んでくれたのかな」

性懲りもなく短絡的なシサクの発言を、ニンがたしなめる。

「そういうことじゃないんだよ。特定の季節に、身近な場所で咲く花を愛してたんだ。施設にいた時、たまに食事についてきたベリーのムースを覚えてる？　みんな大好物だったけど、あれをバケツいっぱい食べたいわけじゃない」

「なるほど、俺はいつも間違える」

「こんなにおりこうなのにね」

大通りを散策すると、手を繫ぎ、肩を抱き、時折軽い口づけをかわして歩く男たちがたくさんいた。考えてみれば、異性も同性も関係なく、「カップル」というユニットをこの目で見た経験自体が乏しかった。だから、世界を変えてしまったという実感がニンには希薄で、おそらくシサクも同様だろう。カフェのテラス席で自然の太陽光に目を細めて紅茶を飲んだ。隣のテーブルから、若い女たち（暦年齢が見かけどおりとは限らないが）の会話が聞こえてくる。

——うちのおばあちゃんって、本物の男とやったことあるんだって。

——まじ？　こわ。

——やめなよそういうこと言うの、ヘテロの男って数が少ないだけで存在してるんだから。

——うちの会社に、噂ある人いるよ。

——別に差別するつもりないけど、えーって感じじゃない？　実在の男と……むり、考えられない。

——昔は普通だったんでしょ。

——信じられないよねー。

「俺も信じられない」

シサクは小声で洩《も》らした。

「本当に、ここまで変わるなんて」

「本能って、そんなに強固なものでもないのかもね」

とニンは言う。

「社会通念とか、集団の認識の矢印をすこしずらしてやったら、そっちの方向に自分を納得させて、本能さえ騙《だま》せるんだと思う」

種としての本能など、シサクが手を加える前からとうにすり減っていたのだと思った。だって、男女がつがって最低ふたりの子をもうけなければ先細っていく、そんな単純な法則にさえ従えず少子化は止まらなかった。

「変わる前の世界が必ずしも健全だったわけじゃないし、シサクのくだらない衝動が過ちだったとも言いきれない」

「隣の女たちが本音でしゃべっているとも言いきれない」

「そうだね。本当は生身の男と恋愛や結婚をしたいのかもしれない。好きな男がいて、ひそかに胸を痛めているのかもしれない」

「またか。胸が痛むって表現が好きだな」

「恋をして胸が痛むのは本能だからね」

ニンは笑った。ティーカップが空になる頃、急に厚い雲が広がり、雨が降り出した。前に雨を浴びたのはいつだったか覚えていない。

「この雨に濡れたら、僕も男を愛するようになる？」

ニンがつぶやく。

「バカ言うな、いくら何でもそんな急に変わるもんか」

「そう」

「安心したか？」

「そうだね」

ニンは「もうちょっとぶらぶらして帰るよ」と、別行動を望んだ。シサクは一瞬顔を曇らせ、何か言いかけたが呑み込んで「わかった」と車を発進させた。


その日、ニンは戻らなかった。次の日も、その次の日も。

研究所の組織はシサクとニンのふたりきりだったから、ニンの不在について当局にチャットで問い合わせるまで一週間かかった。シサクはニンと違って実務が不得手だった。回答は「長期休暇」だった。

『ご本人から申請が出ております』

『いつまで？』

『さあ。有給休暇は二千日以上残っていますから、消化する権利はありますね』

最長で五年以上戻らない？　そんなバカな。

『事故や犯罪に巻き込まれた可能性は？』

『そういった事案は確認されておりません』

ニンの生体データは政府が把握し、あらゆる認証や決済にも体内のデバイスを用いるはずなので、システムに侵入して足取りを捕捉しようと試みたが、ブロックされた。ニン自身がアクセスを拒んで強固な障壁を構築しているのだと悟り、シサクは諦めざるを得なかった。強行突破したら取り返しのつかないことになるような気がした。ニンは「帰る」と言ったのだから、帰ってくる。そう自分に言い聞かせてひとりで暮らした。ニンが約束を違《たが》えたことなどなかったし、自分たちは家族以上にずっと一緒だったのだから。新しい研究テーマを見つけて熱中すれば五年なんて瞬く間に過ぎ去るだろうと、太陽熱推進ロケットや海底都市の建造に携わった。でも、ニンのリポートがないと思うようにいかなかった。

　カレンダーをじりじりと塗りつぶすだけの空しい二千日が過ぎてもニンは戻ってこなかった。そんな予感はしてたんだよ、とどこか冷静にシサクは思う。それでいて、ニンの行方を捜す踏んぎりはつかない。

　怖かった。ニンはすでに死んでいるかもしれない。本気で居場所を探ってもどこかで行き詰まるかもしれない。シサクのいないところで羽を伸ばしているのかもしれない。誰もシサクに「捜しなよ」と促してくれなかったし、リピカは生死もわからない。

　ニンの不在がどんどん積み重なっていく。どうしていなくなってしまったんだろう。何度考えてもわからない、どころか有力な説さえ思い浮かばなかった。不慮の出来事か、初めて出かけたカフェで何かまずいことを言ってしまったのか、それとも初めから計画した上で外に誘ったのか、どの可能性にも裏づけが得られない。

じゃあ、逆のことを考えよう。発想の転換だ。どうすればニンは戻ってきてくれるのか。ここを、戻ってきたくなる場所にする。たとえば地上に透明なドームを造り、ふんだんに「自然」を取り入れられるような構造に、あるいは一緒に育った「家」そっくりのデザインに。ベリーのムースは二週間に一回、デミタスカップ一杯ぶんくらいでいい……そのアイデアもすぐに尽きた。ニンが好きなこと、喜びそうなことを思いつかなかった。八十年近くも傍にいたのに何も知らない自分に驚いた。

さらに二千日の月日が流れる。シサクは世界各地のライブカメラをはしごした。偶然ニンを見つける確率を頭の中で計算しながら、見知らぬ街を山を海を、視線だけであてどなく放浪した。

ある日、古めかしい石畳の路上で結婚式を挙げているカップルを発見した。祖国の旧市街の街並みに似ていた。真っ白いタキシードを着たふたりの新郎が腕を組み、歓声と拍手の輪に包まれている。ブーケを持つ左側の男はどことなくニンに似ていると思った。研究所の外で〝汚染〟された水を飲んでいれば、ニンもBL化してどこかで男と結ばれていたっておかしくない。体内に蓄積され、作用するには十分な時間が流れた。

そうか、だから戻ってこないのかもしれないな。もしかするともう二度と。

（胸が痛む？）

想像のニンが問いかける。シサクは心の中で答える。内臓がすかすかになって、代わりに枯れ葉を詰め込まれたような気分だ。でも、胸は痛まないよ。


世界BL化計画から百年経った。シサクひとりの企みによって転換した世界は、転換したまま続いていた。

いなくなった時と同じく、唐突にニンは帰ってきた。

「顔認証のシステムは優秀だね。ちゃんと僕だとわかってくれた」

それがニンの第一声だった。ニンは年老いていた。加齢に抗う措置をいつからやめていたのか、髪は真っ白で顔じゅうに波打つような皺が刻まれている。若い姿のまま死を迎えるのが当たり前になっていたので、シサクは生々しい「老い」を突きつけられてうろたえた。最後に見たリピカの姿がよみがえる。そういえば、彼女のことを思い出すのは久しぶりだった。

「肉体のメンテナンスもせずに何をやってた」

動揺のあまり、責めるように問い質した。何十年ぶりかに会うのにこの台詞はない、と思ったが後の祭りだ。

「いや、話は後だ。取り替えよう。新しい身体に脳を移すほうが早いな。すぐに手続きを」

「いいんだ」

ニンはシサクの言葉をやわらかく遮った。

「それより僕は、君にふたつ謝らなきゃいけないことがある」

突然の失踪と長い不在についてだと思った。けれど違った。

「まず、リピカが存在しない人間なのを黙ってた。ごめんね」

「は？」

ニンはシサクの前をのろのろ横切り（もう、そんなふうにしか動けないのだろう）、いつも使っていたリクライニングチェアに腰かけると、しわがれた声で話し始める。

「彼女は架空の人格だった。それらしく設定された姿かたちがモニターに映ってただけ。あの施設で、僕たちに『淡い初恋』っていう通過儀礼を体験させるための張りぼて。明るく聡明で、美人すぎず、時には年上らしい教養や威厳も見せる。温室育ちの頭でっかちが惚れるよう考え抜かれて構築された幻の女だよ。僕は何となく気づいてたから、国がごたごたし始めた時、リピカのＡＩを管理してた技術者から権限を譲り受けた。国際裁判で有利になるよう証言するっていう条件つきでね」

「何でそんなことを」

「きみが彼女を好きだったから」

「理由になってない。もっと早く教えてくれるか、いっそずっと騙してくれればよかったじゃないか」

ニンはリクライニングをいっぱいに倒してほぼ水平に近い体勢になると、シサクを見つめてほほ笑んだ。瞳は澄んだままだった。少年の頃の面影が水彩画のようににじみ、溶け出していく。

「シサクを見てると胸が痛かったよ」とニンは言った。

「ずっと……誰にも言えなかった。わかるだろ？　あの『家』では同性愛なんて異常者扱いだった。ばれたらすぐさま特別プログラム送りになって、人格を壊される。リピカに惹かれていくきみは滑稽で、かわいそうで、何も言えなかった。半面、間抜けなやつだときみを嗤《わら》ってもいた。そうしたらもっと胸が痛かった。リピカにBL好きっていう属性を付与したのは、まあ、ちょっとした出来心だったけど、きみはすんなり受け入れて、リピカを好きなままだった。その素直さが嬉しかったし、僕の痛みに気づくそぶりもない鈍感さが憎らしかった……言っとくけど、リピカがきみを振るように仕向けたわけじゃないよ。教え子に恋愛感情を抱かないっていうのは模擬人格の絶対的なルールだから。けど、まさかあんなことになるとはね」

リピカの生涯を終わらせ、シサクを置いて旅に出ることは、以前から決めていたのだという。シサクはもう一度「何でそんなことを」と訊かずにいられなかった。だって、リピカがいなくなったら俺にはいよいよニンしかいない。それは、お前の望むところじゃなかったのか。

「きみの心臓が痛むかと思って」

ニンは答えた。

「だから、保存されてたシサクの心臓を持ち出してこっそり自分に移植した。ごめんね。これがふたつめの謝罪。きみの心臓が、僕の胸が痛んだら、きみが僕を思って寂しがってるって証《あかし》が得られたら、帰るつもりだった。でも自分の心臓が痛んできたようには痛まないんだ。シサクは平気でいるんだなと思った」

「バカじゃないのか」

俺がどんなに心配したか。思わず声を荒らげると「わかってる」と苦笑で返された。

「きみに比べたら全人類バカだよ」

「そういう意味じゃない。ちくしょう、俺はすごく腹が立ってる。お前と、それから自分自身に」

自分の間抜けさに、愚かさに、鈍感さに、残酷さに、幼さに。As Slow As Possible ではいけなかったのに。

「悪いと思ってるよ、だから結局こうして戻ってきただろう？　投薬はいろいろしたけど、さすがに肉体の限界だ」

「悪いと思うなら今死ぬな」

「いろんな街をさまよったよ」

ニンの瞳が、魂が、天体のように遠ざかる。

「当たり前に男同士が愛し合って、憎み合って、出会って別れて生きてた。きみがつくった嘘っぱちの世界だ。でも美しかった。世界がはなからこんなふうだったら、もっと早く、ちゃんときみに伝えられたのかなと想像してみた。幸せで美しくて、僕はどんどん寂しくなった」

シサク。目の前に横たわっているのに、なぜかその声が天から降ってくるみたいに聞こえた。

「手のひらを貸して」

「いやだ」

「頼むよ」

シサクは断れなかった。だってニンはたったひとりの助手だから。自分のなめらかな手のひら、つややかな爪とまっすぐな指、変わらない姿かたちをなぜか恥ずかしく感じた。ミイラのように干からびたニンの指が、ふるえながら、ふたりだけの暗号を綴る。

（さよなら、僕の心臓）

頼りない筆跡が切っ先に変わり、シサクの心臓を刺す。いたい、と洩らした時、ニンはすでに息をしていなかった。

シサクはひとりで旅に出ることにした。ニンの細胞からクローンをつくるという誘惑に何度も駆られ、そのたび、もうこの世にいないニンが「そういうことじゃないんだよ」とシサクを思いとどまらせた。でも、いつか誘惑に負けてしまうかもしれない。だからここを出て、歩く。ハルバーシュタットまでは地続きだからいつかたどり着けるだろう。最後の和音まであと五百年以上ある、As Slow As Possible で構わない。世界を見るのだ。ニンの嘘によってシサクがつくった、美しい嘘《Beautiful Lie》の世界を。

玉ねぎちゃん

今、わたしを取り巻くものたちは大きくふたつに分けられている。「不要不急」と「それ以外」だ。バレエのレッスンもスイミングスクールも「不要不急」、葵《あおい》ちゃんちでマフィンを焼くのも、陽菜《ひな》ちゃんとアイスを食べに行くのも。学校に行くのは「不要不急」だけど勉強は「それ以外」だからプリントは山ほど……おかしくない？

嬉しかったのは、パパと会わなくてよくなったこと。月一回、東京から新幹線に乗ってやってくるパパと遊ぶのが、最近は面倒くさくなっていた。「学校は楽しいか」とか「背が伸びたな」とかいつも同じ話をするし、わたしがネイルやグロスを塗ったりしていると困ったような変な顔をするし、「動物園は臭いから行きたくない」と言うと悲しい顔をした。六年生にもなって動物園とか、センスなさすぎ。でも「どうしてもパパと会わなきゃだめ？」と訊くと、ママは超怒る（だったら離婚なんかしなきゃいいのに！）。

そんなわけで、お花見シーズンもGWもパパと会わずに、友達や先生にも会わずに、自宅勤務のママと引きこもっていた。そして手足の爪を三色で塗り分けたり、ママのオンライン会議中にメイク道具をこっそりいじったり、結局は「不要不急」の遊びで長い暇をつぶした。全然似合わない真っ赤なマットリップを塗った唇は、わたしじゃない生き物みたいだった。鏡の前で「ふようふきゅう」とつぶやくと、赤い口ももぞもぞ動いた。

バレリーナにも水泳選手にもなれないけど、バレエやスイミングが好きだった。でも、そんなわたしの気持ちとは関係なく「不要不急」のハンコをぽんっと捺《お》されてしまって、元どおり習い事に通えるようになってもきっとそのハンコは消えない。鏡の中の自分は、いつ見てもつまらなそうな顔をしている。

ある晩、夢を見た。自分が玉ねぎになってどんどん剝《む》かれていく。これは不要不急、これも不要不急……次々に剝《は》ぎ取られてちいさくなるので、わたしは「やめて」と叫んだ。全部なくなっちゃうじゃん。目が覚めるとじっとり汗ばんでいた。

翌日はパパとＳｋｙｐｅでしゃべる日だった。

『夏休みも会いに行けそうにないなあ』

パパがそう言った瞬間、わたしはなぜか泣き出してしまった。

「パパに会いたい」

するとパパはまた困ったような顔になって、「もうちょっと我慢しような」とやさしく言った。

『きっとまた会えるようになるから、あんまり急いで大人にならないでくれよ』

「不要不急ってこと?」

『あはは』

パパの笑顔が近くて遠いから、わたしの涙はますます止まらない。でも、悲しくはなかった。

sofa & …

赤い服を着たわたしを、あなたが見つけたのはもう十年も前。

あなたは三十歳になったばかりで、三十になったからには何かしなくてはという焦りと、三十になっても特に何者でもない自分へのちょっとした落胆と、三十なんて何の実質的な区切りでもない、という反発心のようなものを抱えていた。

でも、一応の節目として記念は欲しかった。本格的なジュエリー、お籠《こ》もり宿でのひとり旅、カシミアのコート。あれこれ考えている時にわたしたちは出会った。あなたがふと立ち寄ったセレクトショップにいたわたし――真っ赤なソファ。テキスタイルで二・五シーター、シンプルなハイバックのデザインは、あなたが以前から何となく家に置きたいと思っていたソファの理想で、目が合うや一直線に近づいてくると、わたしを至近距離で、すこし離れて、あらゆる角度から熱っぽく見つめるものだからわたしはすこし緊張した。女の人の目線は男の人のそれよりずっと厳しく、値段は言うに及ばず、寸法や重量、耐久性、手入れのしやすさ、原産国やエコフレンドリーの度合いに至るまでくまなくチェックが及ぶ。わたしはもう、一年近くこのショップに居座る古株となっていたから、なおさら。

——お姉《ねえ》、何見てんの？

一緒に来ていたあなたの妹が声をかける。

——んー、このソファ、いいなって。

——めっちゃ赤いじゃん。

——それがいいんだよ。

——えー、安らげないなー。家にあったらソファにしか目がいかなくなっちゃいそう。

——元気出ると思うんだよね。

——むしろ疲れない？　てかいくら？

わたしにつけられた手書きの値札を見た妹は「たっか！」と大げさな声を上げる。

——余裕でヨーロッパ行けちゃうじゃん。

——うん、でも毎日使うものだし。

——だったら、ニトリとかでほどほどに安いの選んで気軽に買い替えるほうがよくない？　どうしても中身がヘタってくるしさ。

マイナスのプレゼンをされても、あなたの耳にはまともに入ってこなかった。既にわたしを好きになってくれていたからだ。衝動買いできる値段じゃない、でもどうしてもこれが気に入った——あなたはわたしの脚に立てかけられた“No Rain Check”というカードに目を留める。

——雨？　どういう意味だろ。

スマホで検索した妹が「現品限り、だって」と教える。

——え、何かかっこいい。

——いや日本語で言えし。知らない人がべたべた触ったり座ったりしたのっていやじゃない？

——ううん、むしろ最後のひとつって、待っててくれた感じする。

そこいらで妹は、あなたがもう「欲しいから欲しい」の心境なのだと気づき、説得を諦めた。あばたもえくぼ、物欲の背中を押すのはいつだって「必要」でも「適切」でもない圧倒的な高揚。

——これにときめいちゃったんならしょうがないね。

そして九十九パーセントの決意と一パーセントの後押し。


こうしてわたしはあなたの家へと運ばれた。一十七㎡のロフトつきワンルーム。北向きだけど、ロフトのぶん天井が高く窓が大きいので採光性に問題はない。どうせ平日の昼間は働いているし、不動産屋の「欧米じゃ北向きの部屋が人気なんですよ」という豆知識が面白かった。

——ヴィンテージの家具を好む人が多いから、日焼けしないように。

もちろんここは欧米ではないし、あなたはヴィンテージの家具など持っていない。でも、あなたはその話をいいなあと思い、日当たり以外の諸条件は問題なかったのでここに決めた。わたしが入居するのと入れ替わりに、それまでリビングにいた大きなビーズクッションはお役御免となり、わたしの、どこだか判然としない胸はすこし痛んだ。

あなたは「自分のもの」になったわたしを見て、何度も頷《うなず》く。うん、サイズも色もうちにぴったり。ありがとう、とわたしは思う。当然、あなたには届かない。


あなたとわたしの暮らしが始まる。寝る時はベッドを置いたロフトに上がらなくてはいけないので、あなたはリビングでのんびり寛げる場所を作りたかった。仕事で遅くなると、真っ暗な部屋に帰ってくるやクレンジングもそこそこにわたしの元へまっしぐら。「あー……」と疲れた声を洩《も》らし、両腕を広げてわたしの背もたれに回す。服を脱がなきゃ、お風呂に入らなきゃ、と思いつつ、ついだらだらとスマホを弄《いじ》り、時にはうたた寝してしまったりする。さっさとルーティンをこなしてベッドでゆっくりすればいい、とわかっていてもなかなかできない。

ひとりで働く女の人がみなそのようなのか知らないけれど、あなたは時々役割を抱え込みすぎてパンクしそうになる。わたしはただ、あなたを受け止めることしかできない。あなたが、ぼすんと遠慮なくお尻を乗っけてきてもへっちゃら。でも、恋人と並んで座っている時に感情が昂《たかぶ》り、ロフトに上がる手間さえ惜しんでわたしの上で睦《むつ》み合ったあれは正直勘弁してほしかった。この身体は前後や上下の振動を想定していない。しかもその男は、あなたがシャワーを浴びている隙にこっそり煙草を吸い、わたしの上に灰を落としてくれた。携帯灰皿に吸い殻を押し込み、窓を開けてぱたぱた空気を入れ換える情けない姿をどれだけあなたに見せてあげたかったことか。

そこから半年くらいかけて、あなたたちはゆっくりと破局していった。わたしの上で行われた性交は、残り火にも似た恋愛感情の最後の燃焼、おしまいの儚《はかな》い炎だったのだと、わたしは後から理解した。あの晩すでに互いの愛情は擦り切れそうだった。でも積み重ねてきた時間があったから、認めたくなかった。浮気でも心変わりでも距離や家庭の事情といった外的な要因でもなく、ただ「賞味期限が切れた」ことで終わる恋は侘《わび》しい。「嫌い」という強い感情より「いないほうが楽」という怠惰な実感ははるかに残酷だった。ぬるま湯のような恋人関係から抜け出すのには勇気が要《い》る。再び熱くなる可能性はなく、ずっと浸かっていても冷えていく一方、そうわかっていても、ひとりという心細さに怖気《おじけ》づいてしまう。いつからわたしはこんなに臆病になったんだろう、とあなたは驚く。十年、いいえ、五年前ならさっさと断ち切れたかもしれない。

――もうやめる?

恋人から切り出された時、内心でほっとした。「別れる?」ではなく「やめる?」というすこし変わった言葉のチョイスを、かつてはとても好ましく感じていたことを思い出しながらあなたは頷いた。最後によぎった懐かしさがありがたかった。

あなたは晴れてフリーになり、初めのうちは仕事が早く終わった夜や週末の空白を持て余した。無理に予定を埋めようとせず、わたしの上でのんびりお茶を飲み、本を読んで時間ぐすりに身を浸した。じたばたあがかず、巣の中でじっと傷を癒《い》やせるようになったのは、すこし成長した証拠だと思った。わたしに全身を預け、天井で空気をかき混ぜるシーリングファンをぼんやり見上げながら、このソファ買ってよかったな、とあなたは思う。

嬉しい。


あなたは日々忙しく働く。スパイスやハーブを使った調味料を販売する会社の営業部に所属し、百貨店やスーパーや飲食店を回った。大きなバッグにポップとサンプルを詰め込み、あちこちの売り場で写真を撮り、売り上げのデータとにらめっこする。でも、わたしは知っている。あなたがスパイスミックスやハーブソルトより、かつおだしと醤油と柚子《ゆず》こしょうを愛していることを。わたしの上ではなく前にぺたんと座り込み、タブレットで

『孤独のグルメ』のお気に入り回を見ながらひとり用の寄せ鍋をつつく時間が何より幸せだと思っていることを。週末なら、コンビニで買ったアイスやデザートを自分に許可する場合もある。

あなたの調子は、締め日や月初といった仕事のスケジュールだけでなく、肉体の波によっても大きく左右される。月に一日か二日、わたしの上でお腹を抱えて唸る日が必ずあった。人ならぬ身のわたしには性別も存在しないので、女という脆《もろ》い器に四苦八苦する気持ちをわかってあげられないのが心苦しい。あなたは疲れると、生活の細々とした部分が疎かになった。ジャケットやシャツをハンガーにかけるだけの元気もなくてわたしの背に引っ掛け、乾燥を終えたタオルを肘掛けに放り、丸めたストッキングを床に投げた。まつげ美容液を塗るのをさぼり、ティーバッグのお茶で手間を省く。そんなふうに小銭をちまちまかき集めるごとく体力気力を温存し、会社に向かった。若い頃ほどタフではないが若い頃より力の抜きどころやひと息つくタイミングがわかるようになっていて、うまくできてるなあとあなたはそんな自分に感心する。

恋愛は、もうしなくていいやと思った。もちろんしたっていいけど、積極的に種や芽を探す気にはなれない。ひとりに慣れてしまうと、このサイクルに他人を組み込む余地など見当たらなかった。

——そんなの、みんな同じだって。男も女も。

そう、笑っていた妹が結婚した。あなたは三十三歳だった。一日、一週間、一ヵ月、春夏秋冬、一年、同じサイクルを繰り返すように見えて、あなたとあなたの世界は確実に変化していく。

結婚式では、久しぶりに会う親戚から「いい人いるの？」とか「妹に先越されちゃったなあ」とか、言われた。半ば予想していた展開とはいえ、澄まして黙っている両親も内心では同意見に違いないと思うとため息が出そうになる。

先を越された、って何。競争するもんだっけ？　どうして美醜とか結婚とか出産とか、上がってもない土俵で闘わされなきゃいけないんだろ。あなたは古代ローマの奴隷を思い出す。金持ちの娯楽として命がけで闘わされていたらしい人たち。わたしの人生にも、高みの見物をしている誰かがいるわけ？　腹立たしい。

やんなっちゃうなーもー、とおかしな節回しでひとりごち、あなたはわたしに寝転がる。肘掛けに頭を載せ、脚を組むお気に入りの体勢で。濃いパーティメイクにまる一日耐えた素肌をパックで労《いたわ》る。程よくくたびれててろてろになじんだ部屋着と、歩き通しの新人時代から愛用している着圧ソックス。このまま寝ちゃいそうだな、と思いながらうとうとするこの時間があなたは好き。わたしも、あなたの疲労を受け止め、あなたを安らがせていると実感できる時間が好き。

友人知人の結婚ラッシュは二十代半ばと三十代の初めに過ぎ、出産報告もじょじょに落ち着いてきていた。ＳＮＳを通じて目にする子どもの成長にあなたは何度でも驚かされる。その速さ、その目覚ましさ。「男はいらない、子どもだけ欲しい」と話す独身の友人もいたけれど、ぴんとこなかった。

　そんなあなたも、妹が産んだ赤ん坊を見た時は感動した。これまで誰に抱いてきたものとも違う愛情が溢《あふ》れ、自分でも戸惑うほどだった。この子がどんなささやかな苦労も挫折も悪意も知らず、まっさらな命のまま百年でも生きてくれたらいいのにと願った。もちろん、そんな無味無臭の人生はありえないしつまらないとよく知っている。この子もこれから知っていく。

　人間の一生を一日に置き換えたら、自分はもう午後から夕方に差しかかっている。右肩上がりの、ピークに向かっていく生き物を目の当たりにしてあなたは目を細める。新品の生命は、夜明けのまぶしい光。わたしはどんな黄昏《たそがれ》を迎えるんだろう、ふと心細くなる。歩き慣れた道が、夕闇に沈むとまるで違う景色に変わってしまうように。おひとり「さま」なんて決意したわけでもないのに、どんどん誰もいない小道へ小道へと分け入っている気がする。あなたは三十五歳だった。

　あなたは特別強くもなく弱くもない、どこにでもいるひとりの女の人だった。日々ささやかな喜怒哀楽を味わい、満ちては欠ける月のように一日と同じ姿を見せず生きるあなたを、わたしは毎日見送り、迎える。わたしはあなたの避難場所、ささやかな無人島あるいは救命ボート。ベッドで得られる休息と回復にはかなわない、でも大人には「休むための休み」も必要で、それを提供するのがわたしの役目。あなたはどこにでもいる女の人、でもわたしを選んでくれた特別な人。

三十七歳の時、あなたはささやかな恋をした。相手は関連会社から一年限定で出向してきた三つ年下の男性で、あの日までは何でもない「お客さま的同僚」として接していた。

あの日――得意先を回った帰り、地下鉄の出口から地上に出ると路面が濡れていた。

――あれっ、通り雨が降ったみたいですね。

――本当だ、地下鉄に乗るまでは晴れてたのになあ。

うっすら浅い水たまりにも、ガラス張りの高層ビルの壁面にも、パステルオレンジのやさしい空が映り、あなたは思わず立ち止まる。高校生の頃、ウユニ塩湖に行くのが夢だったことを思い出した。どうしてわたしは未だに実現できていないんだろう。その気になれば時間もお金もやりくりできるはずなのに、いつから「昔の憧れ」で片づけてしまっていたんだろう。

――あ。

その男性が、不意に反対側の空を指差した。

——虹が出てますよ。

振り返れば、ビルとビルの間に淡い虹が覗いていた。もやのような雲と一緒に、それはとても控えめな色彩だった。目を凝らすし、外側にも儚いアーチが見える。

——何かいいことありそうですね。

あなたがそうつぶやくと、彼はふしぎそうに言った。

——虹を見たのがいいことじゃないんですか。

ああ、本当にそう。あなたははっとした。そして、この人が好きだな、ととても素直に思った。穏やかで敬語を崩さないところ、コンビニや飲食店のレジで「ありがとう」「おいしかったです」とひと声かけるところ、散歩中の犬を見かけると犬種に関係なく頬がゆるむところ。今まで「好感」でしかなかったものに、ふわりときれいな色がついた。久しぶりの感情だった。

けれどもその後何があったというわけでもなく、あなたは同僚としての適切な距離を保ち、一年の出向期間を終えた彼を送別会でねぎらった。個人的なアプローチを試みるのは不可能じゃない、この人に触ってみたいなという肉体の願望がなかったわけでもない。でもあなたは、自分の中にこんなやわらかい気持ちが埋まっていたことが嬉しかった。わたしはまだ恋をすることができる、その手応えをひとりで慈しみたかった。あなたは一次会でおいとました後、ホテルのバーに立ち寄り、いつもは頼まない甘いお酒を飲んだ。そして帰ってきてわたしの懐で丸くなる。おかえりなさい。

あなたの三十代もいよいよ終わりに近づいた頃、世界はひとつの病気に振り回されていた。あなたは会社に行かなくなり、ローテーブルに置いたノートパソコンと対峙する時間が増えた。画面越しに打ち合わせしたり、家族や友人とおしゃべりをしたり、古い映画を見たり。クローゼットの奥にしまい込んでいたヨガマットを引っ張り出してわたしの前で全身を曲がりくねらせ、汗だくになっている姿は申し訳ないけれど面白かった。

そこから元どおり出社するようになったり、まちまちに家にいるようになったりを繰り返し、あなたは「すごい時代だよね」と電話で嘆息する。

——こんなふうになるなんて、思いもしなかった。

悪いことばかりではなかった。営業部から企画部に移っていたあなたは、生鮮食品を扱う業者と連携し、自社の調味料と、プロの料理家が考案したレシピもセットで食材を販売するプロジェクトを立ち上げた。時間との戦いだったのであちこちに無茶を通し、自分自身も無理をして根を詰めた。売り上げはまずまずといったところで、数字よりも、行き場を失い廃棄の危機にあった食材を消費者に届けられたこと、提携先から「助かりました、ありがとう」と感謝されたことが嬉しかった。仕事を通じて社会の大きな根っこにつながれたような充足感に、ひとりで祝杯をあけた。いつの間にかいっぱしの社会人なんじゃない？　と自賛する。ワインのハーフボトルを空けてわたしにもたれかかるあなたの体温は、ほほ笑ましい微熱だった。

身体の異変に気づいたのは風呂上がりだった。わたしの上で仰向けになり、腕を交差させておっぱいを探っていると、左手にいやなしこりを感じた。気が向いた時だけやる適当な乳房触診で本当にそんなものを見つけてしまうとは思わず、あなたは起き上がって洗面所に行き、鏡の前で上半身裸になる。見たところ右胸に異常はないし、去年の検診でも何も言われなかった。でも、気のせいじゃなく指先にこりこりと何かが当たる。その何かを、怖くても明らかにしなければならない。

乳腺外科の医師は、あなたの胸に触れるなりすこし顔を曇らせたように見えた。気のせいかもしれない、とあなたは自分に言い聞かせる。けれど、診断結果は乳がん。あれこれ検査を受けた結果、右乳房の一部摘出が望ましいというのが医師の所見で、セカンドオピニオンでも同じだった。まだお若いですし、と言われ、そんな言葉久々に言ってもらったなと思った。

これまでの人生で経験してこなかった項目を次から次へと処理することになった。入院や手術の段取り、会社への報告と各種の申請、保険、家族への告知……。乳房の再建についても考えなくてはならない。してもしなくても「今までどおりにはならない」ことだけが確かだった。

感情が、乱高下した。楽観的になったり悲観的になったりする。鼻歌混じりでお風呂に浸かった一時間後には取り憑かれたように手術経験者のブログを読み漁っていた。あなたが欲しいのは「手術は成功し再発もなく生き永らえる」保証で、どこを探したってあるわけがない。あすの自分さえわからないのは誰だって同じ。

敢《あ》えて再建手術をしない〝Going Flat〟という考え方があるのを知り、ＳＮＳで検索してみると、傷痕や、その周りを飾るタトゥーを堂々と披露している女の人がたくさんいた。タトゥーは無理だな、とあなたは思い、同じような傷を負う未来に対して前向きにはなれなかった。家系とか体質とか生活習慣とか、果ては北向きの窓がよくなかったのかとか、ひとりで思い詰めた。こうしている間にもがん細胞が増殖し、自分を侵食しているさまを想像すると、今すぐ右胸を断ち落としてしまいたくなった。〝No Rain Check〟、現品限りの肉体で生きていくのは当たり前で、過酷なこと。この歳まで思い知らずにきたわたしは幸運だっただけなのかもしれない、そして思い知ったからにはこれまでみたいに生きていけない……。

心配した妹が、電話をかけてきてくれた。あなたはそんな時でも不安を吐露できず「さっさと取って楽になっちゃいたいねー」と軽い口調でこぼしてしまう。

——別に、もう誰に見せるわけでも触らせるわけでもないし、使い道ないから。

自分を貶《おとし》めて楽になろうとするよくないくせを、いつからあなたは身に着けてしまったんだろう。誰かにつけられた傷より自分でつけた傷のほうが浅くて治りも早いなんてことはないのに。

——そんなふうに言わないで。

思いがけず、妹が静かに言った。——お願いだから、さ。

あなたはちいさく「うん」と返すのが精いっぱいだった。電話を切るとそのままわたしの上でうずくまり、子どもみたいに泣きじゃくる。怖い。つらい。苦しい。心細い。寂しい。涙と一緒に、あなたの感情が流れ込んできた。

ごめんなさい。わたしに腕がないから、あなたの背中をさすってあげられなくて。わたしに声がないから、やさしい言葉をかけてあげられなくて。

わたしは、悔しい。

あなたは、夜明け前に目を覚ます。泣き濡れたせいで視界がぶわぶわしている。ベランダに出ると、青く澄んだ空に月が浮かんでいた。くらげみたいに頼りない半透明の満月。

ここからまた欠けゆく光を、いとおしく見つめる。

……お腹が空いた。

パントリーを漁り、インスタントのカップ焼きそばを発見したあなたは、以前にネットで見た調理法を試してみようと思い立った。お湯を注いで二分経ったら湯切りし、皿に移して電子レンジでさらに二分加熱する。かやくとソースを混ぜ、熱い焼きそばを啜《すす》ると、もちもちやわらかく、香ばしく、おいしかった。熱いままお腹に落ちていく食べ物、ふうふうと息をしている自分、腫《は》れぼったい目にしみる湯気。あなたはあっという間に焼きそばを平らげ、いい歳して安上がりすぎない？　と自問して笑う。その下でわたしは安堵《あんど》する。あなたの中には、自分で自分を治癒する力がちゃんとある。

あなたは四十歳の誕生日を機に引っ越すことにした。親は「今じゃなくても……」と心配そうだったけれど、退院後は新居に帰りたかったので急いだ。更新や日割りの家賃といった金銭面で少々損をしたって構わない。

——病み上がり、ロフトに上がるのきついかもしれないから。

あなたをよく知る妹は、その言い訳に「また始まった」と苦笑した。

——どうせお姉のことだから、気に入った物件見つけてすぐにでも引っ越したくなっちゃったんでしょ？

そう、軽い気持ちで不動産屋のサイトを眺めていて、どうしても、と思える部屋を見つけてしまったのだった。

――リノベーション物件で同じマンション内でもデザインが違うから、早く押さえないと取られちゃうんだもん。別の部屋ってわけにいかないんだよ。

――ほんと、そういうとこ変わんないよね。

――うん、自分でも思う。

進歩ないよね、と笑うけれど、昔のあなたは新築至上主義で、中古物件なんて絶対に選ばなかった。もちろん、住んでみれば大小の不便やトラブルに遭遇し、やっぱり新築に限る、と思い直すかもしれない。でも、今のあなたが選ぶものを大切にしてほしい。"Going Flat"には程遠く、これからもでこぼこと満ち欠けを繰り返し、その中で生まれる変化も確かに自分の一部なのだと、楽しんでほしい。人生は現品限りだから。


引っ越しの日、最後まで室内に残されたのは、誰あろうこのわたし。新居に持っていくのか処分するのか、決めかねたままあなたはきょうを迎えてしまった。

――どうされますー?

引っ越し業者に急《せ》かされ、あなたは腕組みしてわたしを見下ろす。

――いらないんじゃない？　もう古いし。

手伝いに来ていた妹が口を出す。

――せっかく心機一転するんだからさ。そうだ、新しいソファ、引っ越し祝いに買ってあげるよ。

ついにこの時がきたか、とわたしは覚悟する。この十年でわたしもだいぶくたびれてしぼんでしまったし、自慢の真っ赤な服も毛羽立ち、日に焼け、色褪《いろあ》せた。どこかのリサイクルショップに持ち込まれるのか、粗大ごみに出されるのか、いずれにしてもあなたと過ごした十年は平凡だけど幸せだった――こんな月並みな表現しか思いつかないほど、何でもない毎日が楽しかった。

病院から帰ってくるところを見届けられないのが唯一の心残りだけど、仕方ない。どうか元気で。

見えない手を振るわたしを前に、あなたは腕をほどいた。

――いえ、持っていきます。

――え、いいの？

――うん。新しいのも惹かれるけど……やっぱりこれがいいの。

こうしてわたしは、またあなたと新しい生活を始めることになった。次の十年目を迎えられるかどうかはわからないけれど、幸せだ。新品の張りや光沢はなくても、あなたの形に沿い、あなたが心地いいようになじんできたというささやかな自負がある。

わたしは何もできない、言えない。でも四本の脚ですっくと立ち、全身であなたを受け止めるべくここにいる。あなたとここで生きていく。

神さまはそない優しない

とん、ってな。そんだけ。

　めっちゃ暑い日で、違う沿線で信号機の故障あったいうて、振替輸送で駅はみっちみちで、人間がおこわみたいに密集したせっまいホームで、背中に何か当たって、しかも俺、ぎりぎりんとこ立っとったからね。白線から靴《くつ》、完全にはみ出してもうてん。「白線の内側までお下がりください」ってわかっとんねん、そんなもんわかっとんねん。けど混みすぎとったし、俺イラチやしな。「せっかち」とちゃうねん、イラチやねん。そのへんの感じって何べん説明してもわかってもらわれへんのやけどな。

　ほんで、とん、ですわ。どん、でなく。そないきつい当たりとちゃうかった。まあ、タイミングやね。くそ暑いから背広脱いで腕に引っかけようとしとって、何や後ろのほうでぎゃあぎゃあ聞こえたから振り向こうとした矢先で、朝めし食うてへんからくらくらしとったのもあったんやろね。なんしかその「とん」でホームからダイブですわ。通過列車のヘッドライトがすぐ目の前で、「まぶし」思ったら一瞬で真っ暗なった。自分が目ぇつぶったからやと思った。

　体感的には、十秒くらいそのままやった。痛くもかゆくもなかった。どないなってん？

ておそるおそる目ぇ開けたら、またまぶしかってん。ただし今度は、きつい光やなかった。うららか、ちゅうやつやな。頭の上で花がめっちゃ咲いとった、俺でも知ってる、桜や。そのたっぷりした枝よりずっとずっと高いとこで陽ぃが照ってて、花びらが一枚残らず透き通って光っとった。

おお、桜やで、て心が吸い込まれた。あの花、思考を奪いよるよな。満開やん、て思ったら細かいことはどうでもよおなるよな。せやから「桜やで」てぼーっと見とったら、目の前に何や割り込んできよってん。

「きみ、お母さんはどこに行ったの？」

嫁やがな。今朝、俺を見送った嫁やがな。何やねんお母さんて、おらんがな、知っとるやろ。しかも、何やでかいねん嫁。しゃがみ込んで俺を見下ろしとんねん。いやちゃうな、俺のこの、目線の低さは何としたことや。首から下だけ埋まってもうとるんかな？

嫁の名前呼ぼうとしたら「みあー」って口から出た。しょっぼい、ふるえる声でな。チリ紙も揺れへんわ。「みあー」やで、何やそら。せやのに嫁、笑いよるねん。めっちゃ嬉しそうやった。十五年ぶり三回目、くらいに久々の笑顔や。一回目と二回目忘れたけど。とにかく、にっこぉ、てしよって、言うねん。

「うちの子になる？」

何でやねん、てツッコむつもりが、また「みあー」ですわ、もうやっとれんわ。嫁、また笑って、両手で俺を抱き上げた。いや「はい」とは言うてへんで。

それから、たぶん一週間くらい経《た》って、自分の状況いうか境遇を、はっきり理解したね。

俺、猫やわ。

死んで猫に生まれ変わって嫁に拾われたんやわ、ちゅう事実を、スポイトでミルク飲まされたり、綿棒で尻周りくるくるされたり、獣医に連れて行かれたりしとるうちに理解した。誰かに捨てられたんか、野良猫のオカンとはぐれたんかはわからん。人間時代も両親おらへんかったから、生まれは似るんかな。ひょっとして幽霊になってこいつの身体に入っただけかもしらんけど、やとしても猫はないわな。もひとつひょっとして、電車にゴチンされても死なんと、病院のベッドの上で夢見とるんかもしらん――うーん、けどやっぱり俺は、神さまからこの子猫のボディをいただいて新たに生きてく運命や、そんな確信があんねん。理屈とちゃうから、うまいこと説明はでけへんのよ。「せっかち」と「イラチ」の差みたいに。何で猫やってんとか、何でタイガースファンちゃうのにトラ柄《がら》やねんとか（どうでもええな）、何でまた嫁と巡り会って、何で前の記憶が残ったまんまやねんとか、いろいろ思うところはあるけど、まあしゃあないわな、て割とあっさり納得した。

俺の性格ちゅうより、獣《けもの》の性質かもしれんね。どんだけ考えたかてわからんもんはわからん、人間さまより寿命《じゅみょう》が短いねんからそこはこだわらんでいこう、みたいなね。神さまのお慈悲《じひ》いうか、優しさなんかな？　――それはないな。神さまはそない優しない。そんなんは、享年《きょうねん》四十五で電車にはねられて死なんでもわかる話やろ。

嫁が俺に名前つけてん。春に拾ったから「春男《はるお》」、めっちゃださいやんけ。俺の人間ネームとはひと文字もかぶってへんで、寂しないいうことはないけど、ほっとしたわ。俺が綿棒くるくるされんでもよおなって、よたよたせんでも歩けるようになって、子猫用ミルク以外のめしも食えるようになった頃には嫁の暮らしぶりもだんだんわかってきた。夫婦ふたりで暮らしとったマンションよりずっと狭いワンルームで寝起きして、毎日働きに出とる。休みは週に一回か二回で、近所の、喫茶店かカフェか知らんけど、俺の予想ではコーヒーとちょっと気の利いたメシ出すとこや。割と融通利《ゆうずうき》くんかして、俺が手のひらサイズやった頃はちょくちょく抜け出して様子見に来とったな。

これは推測やけど、俺の死は自殺やのうてちゃんと「不慮《ふりょ》の事故」認定されて、分譲マンションのローンはチャラ、生命保険も下りたんやと思う。人身事故による電車の遅延で賠償金《ばいしょうきん》、て実際はほとんど請求されへんいう話やん？　そんで嫁は、広すぎる４ＬＤＫのマンションは売るか貸すかして、引っ越して仕事を見つけた。つつましい生活やけど、カツカツで切り詰めとる感じもせえへんからな。唯一のぜいたくは、俺を飼《こ》うとることか。堅実な嫁らしいわ。

　早番やったら朝の八時から夜の六時、遅番の時は十時から八時まで働いて、うちに帰ってきて、もらってきたおかずと、タイマーセットして炊いたご飯でめし食うとる。みそ汁は作る時とインスタントですませる時が半々やな。嫁のみそ汁、うまかったなあ。俺はじゃがいもと玉ねぎであまーい風味の、じゃがいもがちょっともろもろっとやらかなったんが好きやった。もちろん今も好きやけど、昔と違《ちご》うて、細かい味わいより単純に肉体が塩分を欲しとる感じやな。嫁のみそ汁恋しい、いう気持ちとはちょっとズレがあんねん。それは頭と容《い》れもんとのズレなんやろな。俺の、みかんくらいのちっさい頭に、嫁との日々がまだ詰まっとる。ふしぎやね。人間のでかい頭、あの大きさはほんまに必要なんか？　ちゅう話やね。いや、実は忘れとるんかもしれん。忘れたことを忘れとるだけかもしれんね。それは哀しいんかな？　それとも俺にとってはそのほうが幸せなんかな？　わかれへん、答えは出えへん、せやから俺はすぐに眠たなる。くあーあ、て、顎《あご》外れそうなあくびしたら嫁が嬉しそうに見よる。

「春ちゃんもうおねむなの？」

　休みの前の日は、旧作で安なった映画のＤＶＤ借りてきて、ビールかワインゆっくり飲んでご機嫌や。嫁が酒飲むとこ、長いこと見てへんかったな。俺が部屋の隅の猫ベッドで丸なっても、嫁は気にせんとしゃべる。きょうこんなことがあったよ、とか、きょうの日替わりはすぐ売り切れた、とか、あの芸能人は離婚すんのかな、とか。俺は、ちゃんと聞いたらなあかん、て思うねんけど、どうにも退屈でな、すーぐまぶたが閉店ガラガラよこれ。それでも嫁の声は楽しそうや。昔みたいに「あたしの話つまんない?」「ちゃんと聞いてよ!」って怒れへんねん。気楽やけど釈然とせんな。

人間の頃が嘘みたいに、嫁に怒られへん。トイレは砂の上でするし、爪研《つめと》ぎもちゃんと板んとこでする。要領を知っとるからな、こっちは。むしろ、ウンコの時凝視してくる嫁に説教したいわ。そんな興味津々《しんしん》に見てんなと。人がプルプルしとんのがそない面白いかと。まあな、シモのジャンルは恥ずかしいけどな、生きとったらどっちかがどっちかの世話しとったんやろし、て割り切ったわ。逆に、俺も嫁が猫になったらウンコ見守ってた気ぃするしな。

何しても「春ちゃん賢いねえ」て褒《ほ》められる。当たり前やないかい、元人間やぞ。そんなことで喜ぶかい。けど嫁の指が眉間《みけん》やら顎やら掻《か》いたらな、勝手に喉《のど》がクルクル鳴りよんねん。身体は正直いうやつやな。毛玉、ゲゲって吐き出しても嫁は「えらいねえ」て笑う。気ぃついたらしてまうねんなあ、毛繕《けづくろ》い。このへんは完全に猫成分が勝っとって、暇さえありゃぺろぺろタイムですわ。でもそれでぴかぴかなんねんから、楽でええなあ。俺、整髪料のにおいめっちゃ嫌いやったからな。そんでゲー吐くんは得意。こう、くっ、て喉の筋肉締めてやるだけですぐ上がってくんのよ。もう人間の身体ちゃうのに、そういうコツが使い回せるんもふしぎやなあ。

野生を宿した動物の肉体はえらいもんでな、身軽に飛び跳ねられるんは気持ちよかった。俺の尻尾《しっぽ》は十五センチ程度の短いもんやけど、自在にぴるぴるできて、ええアイテムもろたみたいで嬉しいわ。よちよち歩きを卒業して猫ボディを駆使する解放感があふれすぎたある日、俺は部屋じゅうを縦横無尽《じゅうおうむじん》に駆け回った挙げ句、出窓に置いてあった写真立てと一輪挿《いちりんざ》しの花瓶《かびん》を床に蹴落《けお》としてもうた。もちろん、人間時代の俺の写真や。仏壇あらへんから、まあ故人を偲《しの》ぶスポットやったんやろ、陽当たりええ三角形の出窓。花瓶はプラスチックやから割れはせんかったけど、床びちゃびちゃで、あちゃー、思て、そんで在りし日の自分を眺めて「こいつ全然かわいないな」てげんなりしたわ。何しろ今の俺は猫ちゃんやから。立っても座っても寝転がっても隙《すき》あらば嫁が携帯構えて写メらんとする、かわいらしい猫ちゃんやから。すべての瞬間がフォトジェニック。最初は何やねんこいつアホちゃうか、てうんざりしたけど、撮られ慣れてくると怖いもんでな、角度とかポーズとか気ぃ遣うようになったわ。スポットライト症候群いうん？　芸能人が業界にしがみつく気持ちわかるわ。視線中毒みたいなもんやね、こわぁ。人間やった時は、上司にチラ見されるだけでびくびくしとった俺が、ふしぎなもんや。

せやから、何やブッサイクなおっさんやでえ、て、ひとしきりしみじみしてからまたぺろぺろや。そら、片づけができたらするけど、猫の春男ちゃんやからね。このキュートな肉球《にくきゅう》で床にこぼれた花瓶の水拭いたりはできへんわけよ。できたところで、雑巾がけなんかやったら嫁がびびってまうやろ。散らかしたこともすぐに忘れて伸びたり寝たり水飲んだりしとるうちに嫁が帰ってきて、床の惨状を見た途端、「春ちゃん、ダメ！」て厳しい声出した。

「いたずら、ダメ！　これはあたしの大事なものなんだから」

もうな、そんなんな、本人の俺が何とも思ってへんねや。そもそもわざとちゃうし、大げさに怒りなや、て言えたらええねんけどなあ。しゃあなしにかわいい顔してみたんやけど、いつもやったらすぐデレデレするアホな嫁がしばらく怒ったままやった。写真立てと花瓶を元どおりにした後はふだんの嫁やったけど、何や自分に負けたような勝ったような、複雑な気分ですわ。


のんべんだらり過ごしとるだけでも日々は流れていくもんやな。五歳になりましたわ。ちなみに誕生日は嫁に拾われた日な、便宜《べんぎ》上。これが人間で言うたら何歳なんか知らんけど、もはや若者ではない、いうんは何となしにわかるね。もはや戦後ではない、て誰が言うたんやったっけ。人間の頃の俺は知っとったんかな？　嫁は相変わらずのワンルーム暮らし、こいつこんな毎日で飽《あ》きへんのかえ、て思うけど、向こうもそうらしいわ。しょっちゅう俺を抱えて窓辺に立っては「ほら、いい天気」とか「虹が出たよ」とか話しかけよるねん。

「春ちゃんもお外出たい？　でも出られないねえ、ごめんね」

気遣い無用やっちゅうねん。もうええねん。社会の荒波には揉《も》まれまくったからな、猫としてぬるうゆるう生きてちょうどええんですわ。寝て起きてめし食うて水飲んでぺろぺろしてゲーしてウンコして、その繰り返し。足らんもんも余るもんもない。いや、めしはもっと食いたいけど、やっぱ運動不足なんやろな、獣医のおっさんにも「最近ちょっと太り気味ですね」て言われて、ダイエットフードに変えられてしもた。ぱっさぱっさで味気ないんよこれが。前世ではかなりスレンダーやってんけどなあ。

俺が外出する唯一の機会が病院や。アニマルクリニック、てこじゃれた看板かかってはりますわ。もちろん、検査も注射も堂々としたもんでな、わっかかい看護師の姉ちゃんから「何てお利口な猫ちゃん！」とか褒められて悪い気せんわぁ、仰向けで腹も見せるわぁ、人間の姿でやっとったら現行犯逮捕やな。

でもそんな俺も、さすがにあれにはまいったな、去勢手術。ある時期を境に何やこう、身も心も辛抱《しんぼう》たまらん感じになって、それでいて何をどないしたら解消されるのかわかれへんのよ、毛皮一枚下はもどかしさの塊《かたまり》やのよ。今にして思えば思春期やな。おっさんの精神が宿る肉体にも思春期は来るみたいや。春男の春が。身も心も猫やったら、そんな折にちょっと色っぽい雌猫《めすねこ》に会《お》うて、ピコーン！　て理解すんねやろな。何やったっけあれ、そうや「エウレカ！」や。俺のコレをアレしてああしたら万事解決、自分の焦燥《しょうそう》ちゅうのは詰まるところそれのためにあったのや、と。人間とちゃうから、ほんまはそういうめんどくさい言葉なしに悟るはずで、ちょっとうらやましい。

でな、俺はよ、半端に猫で半端に人間やからな、雌猫を想像したところでむらむらせえへん、かと言って今さら嫁の裸見てもむらむらせえへん。もうそっちに関しては仙人みたいなもんやと思ってくれたらええわ。せやのにざわつくんや、全身の細胞が。「繁殖《はんしょく》したいわぁ」て。これはつらかった。ヒトとしてはついに繁殖叶わず終わってしもたこと考えたら、ますますつらなった。嫁が子猫欲しさにどっかから雌猫調達してきたらどないしよ、ておののいたけど、幸いにしてそのつもりはなかったみたいで、俺は病院で別の恐怖を味わわされたわけや。まあ究極の選択やね。嫁からあてがわれた別の雌とつがうか去勢されるか。結果的に後者でよかったとは思うんやけど、麻酔《ますい》覚めたら傷口ちくちくしてなあ、痛がゆうてたまらんのに、あのエリザベスカラーいうんか？　頭に朝顔みたいなん巻かれてぺろぺろもできへんし、何せあの見た目、間抜けすぎるやろ？　何がエリザベスじゃボケ。意気消沈、気分が右肩下がりで食欲も失せた。すべてにおいてテンションが上がらんのよ。えらいなあいつ、司馬遷《しばせん》やったっけ？　宦官《かんがん》にされてもごっつい歴史の本書き上げたんやから。そのガッツどっからくんのん？　めっちゃ尊敬するわ。本、一行も読んだことあれへんけど。

そんな感じで、手術はめっちゃ受難やってんけど、いっこだけ、収穫いうか、わかったことがあってん。術後検診の時、病院の待合室で猫に話しかけられたんや。

「あの、違ってたらすいません、もしかして人間の人ですか？」

嫁の隣に座ったお姉ちゃんの、足下のキャリーバッグから。モップみたいな毛並みのお高そうな洋猫やった。人間の人、てどんな言い方やねん、てツッコむ余裕もなかった。

「えっ、自分も？」

実は、今までも病院でコミュニケーションを試みたことはあったんや。猫に限らず、犬ウサギインコ亀、その他もろもろ。でも伝わった例《ため》しがのうて、俺みたいなやつはほかにおれへんのかなあ、て諦めかけとったところへのひと声やったからな、めっちゃ食いついてもうて、「春ちゃんどうしたの、静かにして」て嫁に叱《しか》られた。たぶん人間には「なー」とか「うるる」にしか聞こえてへんはずや。

「あ、やっぱりそうすか？」

「何でわかったん？」

「昔飼われてた家にもいたんすよ、それで何となく。あ、ちな自分、鳶《とび》してたんすけど、足場から落っこちて気づいたら猫でした」

「俺も似たようなもんやわ」

「あ、今去勢明けすか？　自分もやられましたよ、あれきついっすよね〜」

「せやねん、やっぱ気持ち的にな、落ちるよな」

きっと俺よりずっと若くして死んでもたんやろけど、猫としては年上らしかった。変な感じやな。もっともっとしゃべりたいことがあったのに、そいつの飼い主が会計に呼ばれて、精算して行ってもうた。けど、俺以外に元人間の猫がおる、てわかっただけで嬉しかった。この世の猫の何百何千、何万分の一はそうなんかもな。そこに意味や理由があるんかないんか、俺みたいなもんには知る由《よし》もないけど。

「春ちゃん、こっち向いてー」

嫁がカメラを構えよる。最近買うたデジタル一眼レフや。機械オンチやったくせにな。スマホも洗濯乾燥機も、まず俺が設定したらんとびびってよお触らんかったのに、説明書見ながらあっちいじったりこっちいじったりして、まあ、何とか使いこなせるようにはなったみたいや。必要に駆られたら何でもできるもんやな。嫁は俺を撮ったり、勤め先の鉢《はち》植《う》えの生長を撮ったり、たまーに日帰りで出かけた城趾《じょうし》やら庭園やらの写真を撮ったりして、モニターを俺に見してきよる。何ちゅうの、ちょいピント甘くして、敢《あ》えて影を撮るみたいな、素人《しろうと》さんがかぶれる第一ステージみたいな感じや。俺は思っくそあくびしたるねん。ちっちゃい牙剝《む》いて、目ぇ細めてな。

「春ちゃん失礼じゃない？」

とか言いながら、嫁は楽しそうや。俺が横っ腹をなすりつけても、両手――前脚やな、ちょこんと揃《そろ》えて腹ばいになっても、日向《ひなた》で伸びとっても、とにかく一挙手一投足に喜ぶ。人間のおっさんやった頃の俺は、こんなふうに嫁をええ気分にさせてやれとったやろか。がむしゃらに働いてローン払って嫁を養って、大きな責任を果たしとるつもりやったけど、何ぼのもんやったんかいな。猫でもできることが、できてへんかった。人間でおるって、夫婦でおるって、何やろね。肉球を熱心にぺろぺろしながら、俺はしんみり考えとった。そんな俺を見て、猫より細くなった嫁の目ぇは、最近細かい文字が見えにくいらしい。年やね。

十歳になった。獣医のおっさんによれば、人間で言うと五十代半ばらしい。「ごはんとか、ますます気をつけてあげましょうね」やて。お前も頭髪の余命に気ぃつけえよ、この十年でだいぶ後退しとるからな。こちとら毛の心配からは解脱《げだつ》を果たした身やし、気楽なもんや。それにしても、人間時の享年をとうとう超えたと思うと感慨深いな。

健診を終えて待合室に戻されると、懐かしい顔に会うた。あの、鳶の猫や。「あっ」て俺が声を上げたら向こうもすぐ気づいて「お久しぶりっす」て答えた。嫁がまた隣に座ってくれて、会計ではペット保険がどうのでこの請求はおかしいとか騒いどるやつがおったから、多少はゆっくり話せそうやった。

「元気やった？　あれから全然病院で見かけへんかったから」

「あー、飼い主、転勤したんすよ。そんでこの春また戻ってきたんす」

「自分の飼い主て、嫁はんとかではないいん？」

「全然他人す。つか俺独身でしたし。前は別の飼い主いましたし」

「何や苦労してはるねえ」

「どもっす。大阪の人すか」

「生まれはアマやねん、尼崎《あまがさき》、わかる？　大学からは東京やったのに、訛《なま》り抜けんでなあ」

「自分、神戸《こうべ》の子とつき合ってたことありますよ。方言いいじゃないすか」

「ほんまに？　俺、サラリーマンやってんけど、上司から『何アピールだよ？』てしょっちゅう言われとってな。頑張って標準語話そうとしたら、今度は『アクセントがおかしくてむかつくんだよ、バカにしてんのか』やて」

「まじすかやばいすねその上司、人間だった時の俺に言ってくれれば人集めましたよ」

「いや、お気持ちだけでええわ」

お前、人間の時に会うとったら、絶対俺を狩る側や。

「ところで、俺ら、人間の言葉話せるって知ってました？」

「えっ、何やそれ」

俺は思わず「んなっ！」て大声出してもて、嫁に「シッ！」てされた。

「人間出身の猫は、一生に一度だけ人間語しゃべれるらしいす。でもしゃべったら人間の記憶は完全に消えて、今度こそマジ猫になるらしいす」

「……ごめんやけど伝聞だらけでうさんくさいなあ。そもそも、忘れてまうんやったら、最初にその話を広めたんは誰なん？　しゃべれる、てどのタイミングでどうやって？　どんくらいの分量しゃべれるん？」

「詳しいことはわかんないす」

「やろうなあ」

「でも自分、しゃべる猫は確かに見たんす。昔飼われてた家にも自分たちみたいな猫がいたって話、前にしましたよね？」

「ああ、せやったせやった」

俺が十歳、ちゅうことは、この鳶キャットはもう老人に近い年齢なんかもしれん。五年前より、毛並みに脂《あぶら》っ気いうか、みずみずしさがないんよね。でも俺だけに聞こえる声と話し方は、若い男のままやった。

「そこがね、タトウシイクのホウカイゲンバ？　ってとこで、猫が三十匹以上いたんす。自分も気がついたらそのメンバーでした。ばあさんのひとり暮らしだったんすけど、自分にいろいろ教えてくれた猫が、そのばあさんの旦那《だんな》でした」

何や、俺とちょっと似とるやないかい。

「もともと、夫婦で二匹とか常識的な猫飼いだったのが、じいさんが先にくたばっちゃって、ばあさん寂しさで一気にボケて、ガンガン猫増やしたらしいっす」

俺の頭上では、嫁が隣の姉ちゃんとひそひそしゃべっとった。あの人ずっと揉めてますね、クレーマーってどこにでもいるんですよねえ、とか。今んとこ、ボケる兆候はなさそうやけど。

「そんで、じいさんがある日、そこんちの固定電話使ったんす。猫パンチで受話器外して、肉球でボタン押して、『お願いします、助けてください』って、人間の言葉で。それから、俺に『世話になってた獣医にかけたから、これで伝わったと思う』って言うと、こう、ふーっと目の焦点が遠くなって……あ、『ただの猫』になったな、てわかったんす。獣医は、死んだはずのじいさんからの電話で何かを察したんでしょうね、それからすぐアニマルレスキューとかいうやつらがきて、自分も含めた猫をぜんぶ捕まえて新しい飼い主探してくれました」

「ばあさんはどないなったんやろ？」

「さあ。でも俺らみたいに野垂《のた》れ死ぬ心配はないんじゃないすか。くさいし汚いし最悪な家だったんで、ほっとしましたよ。できるんならもっと早くしてくれって感じでしたけど」

じいさんは、傍についてやりたかったんやろと思う。自分が先に逝ってもうて、家も猫もばあさんもめちゃくちゃになってもうて、猫の手では何もできへんのが悲しくて悔《くや》しかったやろう。第三者が介入したらばあさんと引き離されるんはわかりきっとったから決断できへんかったけど、ある日とうとう、見るに見かねて一枚だけのカード切ってSOSを出したんや。男やで。

「自分は何か言いたいことある？」

「いやー思いつかないすよ。だって言ったら猫になっちゃいますからね。それってもう一度死ぬのと同じじゃないすか？」

「言わんでも、猫の身体が死んだらしまいやろ」

「そうなんすよね……何かひどくないすか？」

「神さまって、基本そない優しないからね」

そこでようやく会計が空いて、俺らは別れた。家に帰ってから、さっきの話を改めて考えた。嘘かほんまかしらんけど、人語をしゃべれんねやったら、慎重にいかなあかんな。うっかり「水ぬるぅ」とか「はぁ、きょうはひげの毛並み気に入らん」とか出てもうたら最悪やん。

俺もやっぱり、嫁のために何か言うたらなあかんのやろな。「好っきゃねん」「愛しとるで」……ああ、絶対無理ですわ。思わず両前脚に顔埋めてもたら嫁が「やだかわいい！」

て写真撮りよる。ドアホ、邪魔すんな。こっちは真剣に悩んどんじゃい。

あれか、「新しい男早《は》よ見つけえ」か。だーれも連れてけえへんしな。白髪も増えたし、人間当時の俺より十年若いとはいえ、立派な中年や。ちゅうてもこの高齢化社会、相手くらい、本気で探しゃあおるやろ。婚活とか趣味のサークルとか始めたらええがな。それでほんまに連れてきたとして、この逃げ場のないワンルームで交尾が始まったらさすがに気まずいけど、その頃には「ただの猫」やしな。猫おばはんが猫ばばあになるより早く俺の寿命も尽きるやろし、それまでに手を打っとくべきとちゃうやろか。

でも、それがほんまに嫁のためなんかはわかれへん。俺が思う「嫁のため」と、嫁の心の中にある願いが一緒とは限らへんからね。そんなもんはいやっちゅうほど味わってきた。他人と人生を共にする、いうんは、ちっさい積み木を交互に重ねていくようなもんやと思う。雑煮《ぞうに》は丸餅《まるもち》か角餅《かくもち》か、朝メシは米かパンか、タオルはふかふかかしなしなか……ひとつひとつはしょうもないことやねん。お互いによかれと思とっても、気づいたらあっちにはみ出し、こっちにはみ出しで、ぐらぐらしてくる。それをちょっとずつ修正したり、土台を補強してみたり、もうあきませんわ、で崩れてまた積み直したり、はたまたぶちまけたままサイナラしたり、いろいろや。俺と嫁の積み木は、永遠に俺の番が回ってこんまま、みっともなくでこぼこしたまま、止まってしもうとる。

何がしかのメッセージを人間の言葉で言い残せたら、今こんなふうに考えとる俺は、どこへ行くんやろ？　電車にはねられた瞬間のことは覚えてへんけど、身構えてまうと怖いな。別の生き物になってまたやり直すとして、俺の心やら魂やらはどないなるんや？　そんな哲学的な物思いに耽《ふけ》っても、嫁から「うりうり」っておもちゃ差し出されたら前脚が出てまうね、目が狙《ねら》ってまうね、猫てつらいわ。人の気も知らんと、このおばはんホンマ。

「春ちゃん、きょうはお客さんが来るから、いい子にしててね」

お、この十年で初めての展開やないか。どうりで一輪挿しにも花ぎっちぎちやし、きのうは買いもの袋ぱんぱんやった。手料理でもてなすということは、男か、ついに男か？　でもお前、きょうもだっさいブラしとったぞ、どろソースみたいな色の。それでええんか。しかし、俺の立場で下着の心配すんのも何や倒錯《とうさく》しとるな。俺は後ろ脚で立ち上がると、嫁のすねにしがみついて目だけで訴えた。お前大丈夫なんか、と。「悪いことは言わん、勝負下着にせえ」て人間の声で出たら最悪やからな。どんな旦那や。

「あらー、甘えちゃってえ」

ちゃうやん。ほんまこいつ、もうちょっと猫心の機微を汲《く》めんもんかいな。

けどそんな俺の危惧《きぐ》は杞憂《きゆう》やった。夕方にやってきたんは女ふたり、何となしに見覚えのある顔やった。たぶん嫁の、昔からの友達や。結婚式とかで何度か会《お》うてたんかもしらん。

「久しぶりー」

「ワイン買ってきたよ」

「ありがとう、上がって上がって」

「お邪魔しまーす」

「お、これがうわさの猫ちゃん？」

「そう。旦那の月命日に見つけたもんだから、拾っちゃった」

「あー、縁感じるねー。生まれ変わりってやつかも？」

俺は、ギクゥ、てしたけど、嫁は笑い飛ばした。

「旦那が春ちゃんに？　ないない。こんなかわいい生き物になるわけないでしょ、図々《ずうずう》しい！」

お前なあ、という抗議を込めて俺はめっちゃ爪研いだった。爪研ぎボードやけどな。ギタリストがギャギャァ〜ン！　てかき鳴らすイメージや。

「えー、旦那って何になるかなぁ」

「チンアナゴっているじゃない？　あの、海底の砂地からにょきって出てくるやつ。私、うちの人はあれじゃないかと思ってる」

「それさ『チン』だけじゃないの？」

「違うわよ、休みの日なんかごろごろ寝室で怠《なま》けてるくせにね、私が子どもたちとリビングで盛り上がってるとひょこって覗《のぞ》いてくるの、あの動作が似てるの」

「わかる〜！　うちもそんな感じ！」

「でもそれ、生まれ変わりじゃなくて前世じゃない？」

はあ、拍子抜けですけど、安心しとる俺もおり、複雑な気分ですなあ。とりあえず嫁が楽しそうに笑い転げとるし、まあええか。

飲んでしゃべって食うてしゃべって、それにしても女はよおしゃべるなあ。眠たなりましたわ。ベッドで丸うなってうつらうつらしとったら、嫁の「お酒足りないね」ていう声が聞こえた。おいおい、まだ飲むんかい。

「ちょっとコンビニ行ってくる。ついでに甘いものも買ってきちゃう」

「え、一緒に行くよ」

「ううん、適当につまんでて」

嫁がつっかけで外に出ていくと、残された女ふたりは、示し合わせたみたいに出窓の写真を同時に見た。そんで目配せし合《お》うた。いいよね？　言ってもいいよね？　てニュアンスや。この場におらん人間のこと、ちょっと突っ込んで話す時の気配。あんまよおない予感がして、半眼《はんがん》やった俺の目はぱっちり開いた。

「……もう、十年以上経ったんだねえ」

「早いよね」

「さな子、元気になってよかったよ」

「ほんとに。事故の後、しばらくは見てられないくらい憔悴してたもんね」

テーブルのコップにはちょろっとビールが残っとって、あれをうまいうまいて呷《あお》っとった、遠い昔の自分を思い出した。今は、嫁が晩酌《ばんしゃく》するところを、ただ眺める。嫁は「春ちゃんの目、ビールとおんなじ色」てよく言う。

「でもさ、ほんとに事故だったのかな？　もしかして自分から……」

「やめときなよ、今さら……あの日、駅が超混んでて、階段のところで転倒事故があったんでしょ？　それに押し出されるかたちで線路に落っこちちゃったって聞いてるよ」

ああそうか、あん時、何や後ろがうるさかったんはそのせいか。

「それは知ってるけどさ……さな子、当時だいぶ参ってたでしょ。不妊《ふにん》治療がうまくいかなくて」

「実は私、あんまり連絡取ってなかったんだ。どうしたって子どもの話題になっちゃうから、申し訳なくて」

「私も。子ども欲しがってたのは旦那さんで、でも問題があったのはさな子のほうで……きついよね」

「でも、それでどうして旦那さんのほうが自殺しちゃうわけ？」

「旦那さんが勤めてた会社知ってる？　M総研」

「いいところじゃない」

「そうだけど、旦那さんが亡くなってしばらくしてから、ニュースになったの覚えてない？　長時間労働とかパワハラとか」

「あー、そうだった」

「それ聞いて、旦那さんもいろいろ溜め込んでたのかなあ、って考えちゃった。不妊治療はお金かかるし、いいとこに広いマンション買ってたでしょ、辞められなかったのかも……って」

「そっか……お給料よくても、そんなふうに追い詰められちゃ元も子もないね」

「人生って、ほんといろいろあるよね」

ええ加減にせえよお前ら、どつき回したろか。

俺はそう言うたろと思った。人間の言葉で。それで魂が死ぬんかもとかややこしいことは一切考えられへんかった。腹が立ったんや。嫁が暮らすこの部屋で、俺らに同情するふりで酒の肴《さかな》にしよるこいつらの品性に。お前らなんかに俺の、嫁の、人生の何がわかるんじゃ。

せやのに、俺の喉から人の言葉は出てけえへんかった。フシャー、いう威嚇《いかく》だけ。何度やってみてもおんなしやった。かっこ悪う。俺は全身の毛をぶわっと逆立ててフシャーフシャーもどかしく叫び続けた。けどな、飛びかかって引っ掻いたり嚙みついたりはせえへんねん。保健所送りはいややん。そういう、半端に冷静なんが俺のヘタレなとこやね。女らは「何この子」と後ずさって、嫁が帰ってくると慌てて立ち上がった。

「ごめん、うちら、やっぱりそろそろ帰るね」

「旦那から急《せ》かされちゃって」

「そっか、こっちこそ長々と引き留めちゃってごめんね」

「ううん、お邪魔しました」

嫁がそいつらを見送ってまた帰ってくる頃には、俺はさっき膨張《ぼうちょう》させた毛皮を何食わぬ顔でぺろぺろしとった。

「春ちゃん」

嫁が俺を抱き上げる。外の空気が、繕い立ての毛並みにしみていく。夜のにおいに反応してベージュの鼻がひすひす言いよる。お前と一緒に、コンビニの揚《あ》げもんかじりながら夜の公園散歩したり、急に思い立って寝間着《ねまき》の上にコート羽織《はお》ってバー行ったり、楽しかったよな。子どもなんかほっとってもそのうちできるもんや、てふたりともが信じとった頃や。百年くらい前に思えるわ。

「ふたりがね、春ちゃんに嫌われたみたい、って言ってたよ」

しょーもないことチクりよったであいつら。

「春ちゃんにフーッてされたって……病院で、おっきい犬が近寄ってきてもそんなことしないのに、どうして？　あの人たち、嫌い？」

おう嫌いじゃ。女子会解散してもうたし、写真立ての時みたいに怒られるんかな。憂《ゆう》うつやわ。けど嫁は、俺の首の後ろの窪んだとこをこちょこちょしながら「あたしもあの子たち好きじゃない」て言いよった。驚きの展開やわ。

「好きじゃないけど、嫌いな友達って、必要なの。だからあたしのほうが意地悪なの」

何や、全然わかれへんな、女心て。ぎゅうー、て抱きしめられて、腹んとこに頭押しつけられて苦しなった。もがこうとしたけど、さっきぺろぺろしとったとこが湿ってきて動かれへんくなった。この十年で、嫁が泣くんは初めてやった。

そういうたら、病院で見かける飼い主はよお自分のこと「ママ」て呼んどった。治ったらママと散歩行こうね、とか。嫁は一回も口にせえへん。もし言われたら、どんなプレイやねんてうんざりしたやろけど、頑《かた》なに「あたし」を崩さへん嫁も、哀しい。

嫁が「春ちゃん」て呼ぶ。俺であって俺でない名前。

「ね、春ちゃん、さなちゃんて呼んで」

嫁はきっと、いや絶対、寂しいんやろ。人は衣食住足りて寂しさを知る生きもんや。結婚する前は、よお「さなちゃん」て呼んでてん。あと、酔うた時な。不妊治療のタイミング法やら始まって、仕事のストレスで胃潰瘍《いかいよう》繰り返して、いつの間にか一滴も飲まんよおになって、嫁に「さなちゃん」て言うこともなくなっとった。

よし、今やな、て思た。「さなちゃん」て言うてやるんや、昔の俺の声で。それが嫁の望みなんやから。

「……うにゃ」

ほんまに思たのに、嫁のためにしてやれることはそれだけやのに、またもや猫語しか出されへんかった。しかも抱っこされとるせいで微妙に圧迫されて間抜けな鳴き声やで。

「ありがとう」

嫁はひと言ささやいて俺を床に下ろすと、洗いもんを始めた。ああ、どんだけふがいないねん、俺は。そもそも、嘘なんちゃうんかえ。人間の言葉しゃべれるて、あの鳶のフカシやったんちゃうか。あんなおとぎ話真に受けた俺がアホやったんや。

神さまはそない優しない。せやから、その足らん優しさを、人間同士で補っていかなあかんかったのに、俺にはそれができへんかった。

俺、親戚《しんせき》の家で肩身狭い思いして育ったからな、とにかく子どもが欲しかった、嫁との子どもが。自分の家と家族がめちゃめちゃ欲しかった。息を殺さんでええところ。顔色窺《うかが》わんでええところ。四人家族の予定で家は４ＬＤＫ、この医学の発達した二十一世紀にやな、たかだか、いうたらあれやけど、その程度の望みが叶えられへんなんて、理不尽ちゃうんけ、て。

俺は、どうしても諦められへんかった。俺のために痛い注射されて、薬飲んで、身体ん中にも針刺されて、それでも嫁は弱音吐かへんかった、いや、俺が吐かせへんかった。俺は毎日会社行って日付変わるまで働いて、何や知らんけど上司に毛嫌いされて、胃にボコボコ穴開けて、あいつの整髪料のにおい嗅《か》ぐだけでゲー吐くほどになっても辞めへんかったから。それでええ給料もろて、マンションのローン払うて、一回三十万の体外受精するんやから。俺が歯ぁ食いしばって耐えとんのに、まさかお前、つらいなんて言うつもりちゃうやろな、て威嚇の空気、俺は出し続けた。自分がしんどいぶんだけ、嫁にも求めて当然やって勘違いしとった。自分が痛めつけられたら嫁にした仕打ちもチャラになる気がしとった。

このアホンダラ、ボケ、カス、お前なんか死んで当然じゃゃ。せやのに俺はまだここにおる。名前ひとつ呼べんと、台所に立つ嫁のふくらはぎ黙って見とる。何でや、何のためにやねん。ごろにゃーんしていっときこいつを慰めるためだけなんか。

誰か教えてくれや。

そんなこんなで、十五年経った。ご老人ですわ。頭の中身的には四十五歳の時となーんも変わってへん気がすんねやけど、むしろその、変わってへんと思い込んどる鈍さこそがじじいの証明なんかもしれへん。人間として六十一歳を迎えとったらどんな感じやったんやろな。

ジャンプもできんようになってな、日がな一日うとうとしとったら餌《えさ》と水が新しくなって時間の経過を知る毎日や。歯ぁもぐらぐらしよるし、ぺろぺろしても毛並みはすぐぱさつくし、むしろぺろぺろもだるなってきた。舌にも水分がのうなったんかしょっちゅう喉に絡んでえずくねん。老いたなあ、てしみじみするわ。でも、真っ赤な夕陽に向かってゆっくり坂を下っていく感じ、嫌いやないね。人間の時に味わわれへんかった感覚やから。

俺の身体は、移動も覚束《おぼつか》へんようになった。老猫用のやらかい餌も食べたないし、トイレに間に合わへんことも増えた。とうとう完全にハゲよった獣医からは「老衰《ろうすい》ですね」て診断された。せやろな。

「お金はいくらでも払います、この子をもっと長生きさせてください」

嫁が必死な顔で言うた。俺は診察台の上で、ドラマみたいな台詞《せりふ》出よったで、てちょっと笑いそうやった。

「でもそれが、本当に春男ちゃんのためだと思いますか？　よく考えてみてください」

お前もドラマかい。

「……はい」

そのまま家に連れ帰られた。もう、あの病院に行くことはないんやろな、て悟った。鳶の兄ちゃんにもあれっきり会われへんかったけど、あいつは何か言えたんかな。

俺は横たわると、自分の腹がふう、ふう、て動くんだけを感じとった。苦しくはなくて、眠るたんびに人間やった頃の夢を見た。俺は死んだ親のアルバム見て泣いたり授業中に居眠りしたり嫁にプロポーズしたり、何やかんやとあくせく生きとった。幸せやったんかもな。目ぇ開けたらいつでも嫁がおった。お前、仕事はどないしたんや。

「お水飲む？」

濡れた嫁の指が差し出されて、ちゅうちゅう吸うた。うまかった。末期《まつご》の水ちゅうやつかいな。昔はスポイトでミルク飲ましてもろたな、あれからもう十五年か。人間で四十五年、猫で十五年。長いなあ。あっちゅう間やなあ。ああ、あかん、まぶたが落ちてくる。まさにこれは閉店ガラガラですわ。

「春ちゃん」

嫁が俺を呼んだ。だいぶ霞《かす》んだ視界に、それでも涙いっぱいに溜めた嫁の瞳が見えて、ああ、あの朝と一緒やな、て思たら、勝手に口から出た。

「朝メシ、ラップかけといて」

そういうたら、俺ってこんな声やったな、て思い出した。途端に、嫁が目ぇ見開いて、涙ぼろっぼろこぼしよった。

「ごめんなさい、ごめんなさい」

噴水みたいに涙流しながら、言うた。

「あたし、あの日、突き落とすつもりなんかなかったよ。ほんとになかった」

俺は、驚かへんかった。

「改札入って必死に人ごみかき分けて階段降りて、背中見つけて、引き止めようとしたの。そしたら後ろからどどって押されて――」

わかっとる。わかっとった。背中、とん、ってされた時な。指輪の感触がしてん。痩《や》せてもうてぶかぶかになったから、お前が無理やり親指に嵌《は》めとった俺の結婚指輪。肩とか背中に触られたら、かすかに硬いのがわかんねん。そんなやつほかにおれへんやろ。俺がお前の手に気づかへんはずないやろ。

あの日、朝メシに見向きもせんで出かけようとした俺をお前が呼び止めて「朝ご飯は？」て訊いた。さっきみたいな、今にも泣きそうな顔で。俺は「食いたない」て家を出た。罪悪感とおんなしくらい、朝メシごときで辛気《しんき》くさい顔すんなやうっとおしい、ていけずな気持ちが抑えられへんかった。ラップかけといて、夜食うわ。そんだけで、嫁を泣かさんですんだのに。

朝メシさえ食うとりゃ死なずにすんだ、て言うたらえらいアホらしいけどな、でも世の中て大抵はそんなもんなんやろ。あの日の朝メシに至るまで積み重なったもんから目を逸らしてきた結果に過ぎへんのよ。

「一緒に帰ろうって言いたかったの。会社なんてどうでもいいからとにかく帰ってご飯食べよう、後のことはそれから考えようって、ずっと前から言いたくて、きょうしかないって思ったの。ホームで押されて、手が、背中に当たって、電車が来て……気がついたら家でぼんやり座ってた。警察から電話があって、病院に呼ばれて、持ち物の確認してあれこれ訊かれてよくわかんない書類にサインして、夜遅く帰ったらテーブルの上でご飯が腐《くさ》ってた」

　そこでまた、嫁の涙は爆発した。

「警察に言わなきゃって思ったの。でも、あたしが捕まったら、誰がお葬式出して、誰がお墓参りするのって思ったら、どうしても、できなくて……ごめん、ごめんね」

　別に怒ってへんがな、て言えたらええのに、「一回ルール」は融通利かんらしいな、もう何も言葉が出てけえへん。締まらん台詞やったけど、しゃあない、これでよかったんや。痛いもだるいも感覚のなくなってきた前脚を嫁に向かってプルプル差し出した。嫁の手のひらがそれを受け止める。どや、年老いても肉球はぷにぷにのまんまやろ？　気持ちええやろ。

　十五年前も、こんなふうに手ぇつないで帰れたらよかったな。くそ暑い朝やったけど、汗びちょびちょになりながら、それでも離さんと、一緒に帰りたかったな。そんで朝メシ食うねん。塩ジャケと卵焼きと、ほうれん草のお浸し。みそ汁は、じゃがいもと玉ねぎや。

嫁が、俺の名前を呼んだ。十五歳の春男とちゃう、四十五歳の俺の名前を。鳴き声で応えたることももうできへんけど、聞こえたで、さなちゃん。

それにしても眠たいわ。もうほんま辛抱たまらんようなってきた。やっぱり、俺の人生と猫生は何やったんか、ちゅう問いに答えは出えへんままや。繁殖もできんと、たったひとりの惚《ほ》れた女、こうして二回も置いてくんや。その事実があるのみ、かもしらんね。

神さまはそない優しない。でも、俺の後悔やら懺悔《ざんげ》やら——愛やら、この肉球からすこしでも伝わっとったらええな、ちゅう期待くらいは許されるやろか。泣いて泣いて泣いた嫁が、あしたもあさってても生きていくことも。いつかの桜の下で、また誰かに出会うことも。デジカメに新しい写真が増え続けることも。神さま、俺の欲張りを許してください。

もっとずっと経って、お前も死んだら、猫になったらええわ。お勧めするわ。あいつこんな生活しとったんかい、て思いながら暮らしたらええわ。きっとどっかの、元人間の猫が、お前にも教えてくれるやろ、一度だけしゃべれる人語の話を。そしたら「たった一回が何で『ラップかけといて』やねん、もっとええこと言えや」てツッコんでくれな。そんなお前のウンコを見守るんは、次にまた人間やっとる俺かもしれへんで。油断すんなよ。

ああ、剝《は》がされていきますわ。熟成しきったかさぶたみたいに、俺の思考がここを離れていくんがわかる。どこへ行くんやら、また会えるんやら知らんけど、ひとまず、ほな、サイニャラ。

透子《とうこ》

あたしの住む田舎町《いなか》には、一軒だけ本屋があった。同じく一軒きりのコンビニや郵便局やパン屋にはみんな通っていたのに、その本屋は町の人からあんまり大事にされていなかった。百回くらい洗ったデニムみたいに褪《あ》せた看板に白く「雪野《ゆきの》書店」と入っていて、その明朝体《みんちょうたい》もところどころ掠《かす》れて読みづらい。広さは、うちの茶の間と台所と、あたしの部屋を足したくらい。

　あたしは小学校三年生から、月に一回、その本屋に通っていた。おじいちゃんが注文している「文藝春秋《ぶんげいしゅんじゅう》」を受け取りに行くためだった。二千円が入った封筒を持っていって、お金を渡してお釣りと本をもらい、家に帰ったらおじいちゃんが百円か二百円くれる。それが毎月のお小遣い。発売日になるとおじいちゃんは「ほら、給料日だぞ」とあたしを本屋に行かせた。お小遣いをもらったら、駄菓子屋で梅ジャムせんべいやビッグカツを買えるけど、お使いの日があんまり好きじゃなかった。雪野書店に行くと、「ちゃお」や、おいしそうなお菓子の本につい見とれてしまう。見るだけで触ったりしない、なのに本屋のレジにいるおじさんはあたしをじっとにらむ。きっとあたしが万引きすると思ってるんだ。しないのに。だってそれは悪いことだし、あたしは封筒が入る大きさの手提げ袋

（着られなくなった服でおばあちゃんが縫ってくれた）しか持っていないから、隠す場所もない。

でもそんなのに関係なく、夏だろうと冬だろうと、昼間だろうと夕方だろうと、おじさんはあたしを見張っていた。あたしは馬鹿だから、さっさとお使いをすませればいいのに、店に入ると、ちょっと埃《ほこり》っぽいようなインクの匂いをくんくんかいで、また「ちゃお」やいろんなものを眺めてうろうろする。そしてにらまれる。立ち読みしてる高校生や、おしゃべりしてるおばさんたちはにらまれない。不公平だ。

「文藝春秋」の発売日、おじいちゃんが郵便局に用事があるからと、ふたりで雪野書店に行ったことがある。おじさんは、いつもみたいにあたしをじろじろ見なかった。その代わり、おじいちゃんに「毎度ありがとうございます」とにこにこお礼を言った。あたしには「はい、ありがと」とぶっきらぼうにつぶやくだけなのに。腹が立ったけど、言えなかった。

「毎月買ってくれてるから、配達しますよ。どうせ暇ですし」

おじさんは言った。

「いや、いいんだよ」

おじいちゃんは首を横に振り、撫《な》でているのか叩いているのかわからない手つきであたしの頭に触れる。

「こいつ、こんくらいしかできねえからさ」

おじさんはまた、いつもの怖い顔になった。


小学校五年生の時だった。「給料日」に雪野書店に行って、手芸の本の表紙を見ていた。縫い物も編み物も苦手だけど、毛糸の編みぐるみはすごくかわいい。触れたらふわふわが伝わってくるような気がして、いつもしないのに、つい手が伸びた。レジから見えにくい棚の陰だったから、油断したんだと思う。

「おい、こらっ！」

途端に、おじさんの低い声が響いてあたしはびくっと固まった。どうしよう、買いもしないのに触ろうとしたから怒られた。「もう来るな」って言われたら、「文藝春秋」をどこで買えばいいいんだろう。

「お前、その子に何してるんだ。警察に突き出すぞ！」

おじさんはあたしに怒鳴ったんじゃなかった。あたしの真後ろにぴったりくっついて立つ別のおじさんに言っているのだった。別のおじさんはすぐに出て行って、店にはあたしひとりになった。どうしよう。手提げ袋の紐《ひも》をぎゅっと握りしめていると、おじさんは、今まで聞いたことのないやさしい声で「こっちにおいで」と手招きした。

「かわいそうに、怖かっただろ」

あたしが恐る恐るレジに近づくと、丸椅子を出して座らせてくれた。「ちょっと待ってな」と言われて待っていると、ホットミルクまで出してくれた。

「悪いことや怖いことをされたら、すぐに大きな声を出しなさい」

あたしはこくんと頷《うなず》いた。ホットミルクはとても熱く、表面の白い膜が上あごに張りついてひりひりした。でも、お砂糖が入っているのか、甘くておいしい。

「おじさん、怖い人だと思ってた」

思い切ってそう打ち明けると、おじさんはびっくりしていた。

「どうして?」

「いつもにらむから」

「ああ、いや……ごめん、そんなつもりじゃなかったんだよ」

大人の人に謝られたのは、初めてだった。

「おじさん、離婚して……離婚ってわかる? 都会からひとりでこっちに戻ってきたんだ。奥さんだった人と子どもは都会に残って、月に一回くらい会いに行く。あなたと同じ年頃の娘だから、本をあげるとしたらどんなのが好きかなあって、ついつい見ちゃった。あなたが選んだ本を、あの子にもプレゼントしようと思ったんだ」

大人の人に「あなた」と呼ばれたのも初めてで、というか、ここで「あなた」なんて言葉遣いをする人を見たことがなく、おじさんは本当に都会から来たんだと感動した。それから、「文藝春秋」しか買わないのが申し訳なくなった。

「お小遣い、少なくて」

あたしが言い訳すると、おじさんは「いいよいいよ」と笑ってくれた。その日の帰り道、あたしは、おじさんに何かお返しをしなきゃ、と考えた。牛乳の膜が張りついたところは火傷《やけど》していて、皮がぺろんとめくれてきた。指でつーっと剝《む》いて食べるとうっすら甘かった。


「『かがみの孤城《こじょう》』がいいと思う」

次の月、雪野書店に行ったあたしは、おじさんに堂々と伝えた。

「うん?」

「おじさんの子どもにあげたら喜ぶと思う。すごくおもしろいんだよ。学校に行けなくなっちゃった子が、ふしぎなお城に呼ばれる話なの。あたしは、学校の図書室で読んだ」

「へえ、そうなんだ。うちに在庫はあったかな……」

どれどれ、とおじさんは立ち上がり、「あった」と嬉しそうにぶ厚い本を持ってきてレジを打った。

「今度会った時、うちのお客さんからおすすめされたよって渡すよ。どうもありがとう」

大人の人から丁寧に「ありがとう」って言われたのは初めてだっけ? そうじゃなくて

も、すごく珍しい。あたしは馬鹿でどんくさいから。おじいちゃんとおばあちゃんがいつもそう言うし、あたしもそう思う。でも、きょうのあたしはおじさんのためになることをした。

「今度、また教えてあげるね」

「うん、よろしく頼む」

よろしく頼む、だって。すごい、あたし。


あたしはそれから、毎月の「給料日」には、おじさんに本をすすめてあげるようになった。『セロ弾きのゴーシュ』『黄色い部屋の秘密』『兎《うさぎ》の眼』……おじさんはそれを買い、お店になければ注文する。おじさんの娘はいつも喜んで読んでくれてるみたいで「チェロの音色を聞いてみたくなったって言ってたよ」とか「犯人がわかった時はあっと叫んじゃったって」という感想を教えられるたびにあたしは嬉《うれ》しくなった。

おじさんの娘は、とっても本が好きで頭がいいんだろう。あたしとは大違い。

本当のことを言うと、あたしはおすすめ本を一冊も読んだことがない。近所の悠介《ゆうすけ》から聞いている。悠介は同い年で、同じクラスで、いつも本を読んでいて、体育の授業はたいてい見学している。身体が弱いらしい。悠介に「何読んでるの？　どんな話？」と訊くと、面倒くさそうに教えてくれるから、あたしはそれを忘れないよう、すぐノートに書く。

「何でそんなこと訊くの」

何回めかの時、悠介はふしぎそうに尋ねた。

「おまえ、馬鹿なんだからどうせ読まないだろ」

「うん、よくわかんない。すぐ眠くなっちゃう」

あたしがけろっと答えたせいか、悠介のほうが気まずい顔をしていた。あたしは悪口を言われるのに慣れているけど、悠介は悪口を言うのに慣れていない。

「本屋のおじさんに教えてあげてんの。悠介、雪野書店に行かないの？」

「品揃え悪いじゃん。アマゾンかヨドバシで注文する」

「雪野書店だって注文すれば取り寄せてくれるよ？」

「遅いから」

みんな、何でもたくさん持ってて、早くしてくれるところが好き。それは馬鹿じゃなくてどんくさくないってことなんだろう。当たり前だよね、とあたしは思う。あたしのお父さんは最初っからいなくて、お母さんは、あたしが小学校に上がるちょっと前にいなくなった。最後に覚えてるのは、茶の間で低いテーブルに突っ伏して泣くお母さん。あたしに「あいうえお」を教えている途中で、五十音表をぐしゃぐしゃにして「あーっ、もう！」

と叫び、泣き出した。「何でこんなのもわかんないのよぉ」と。

――あんた、そんなんでこれからどうすんのよぉ。

あたしは畳の上にぺたんと座ったまま、何も言えなかった。何でひらがなを覚えられないのか、自分がこれからどうなるのか、ちっともわからなかったから。今はひらがなが読めるし九九も言えるけど、ほかのみんなはもっと先に行ってしまっていて、お母さんが帰ってきてもきっとまた泣いちゃうだろう。

お母さんはあたしに「透子《とうこ》」と名づけた。おじいちゃんは「優秀の秀が入ってて、名前負けもいいとこだよ」と近所の人にこぼしていた。近所の人は、笑っていた。クラスのみんなは「透明人間の透」と言って、よくあたしのことが見えないふりをした。あたしが話しかけると「誰もいないとこから声が聞こえる！」「こわーい」と騒ぎ、あたしの机にはプリントを回さない。あたしは別に平気だった。悠介はそういう時、誰のことも見えていないように黙って本を読んでいたけど、いつも横顔が泣きそうに見えて、かわいそうだった。「気にしなくていいよ」と声をかけたら本当に泣き出すかもしれないと思うと何も言えなかった。あたしのせいで泣く人は、お母さんだけでたくさんだ。

中学、高校、とあたしはおじさんに本をすすめ続け、おじさんは素直に買い続けた。『舟を編む』『砂の女』『輝ける闇』『蒼穹《そうきゅう》の昴《すばる》』『深夜特急』『ライ麦畑でつかまえて』『朗読者』……。悠介は賢い子が行く高校に合格し、あたしは「名前を書けば誰でも入れる」という噂の高校を受け、実際、名前しか正解した心当たりがないのに合格できた。学校が離れても電車の路線は同じだからよく会った。「何読んでるの？　どんな話？」というあたしの質問に、悠介は決まって面倒くさそうに答えた。でもシカトしたり「うるさい」と怒ったりは、しなかった。

高校を卒業した後は、地元の、おじいちゃんの知り合いが店長をしているパチンコ屋に就職が決まっていた。給料は安くていいから、とにかく雑用でも何でも、簡単な仕事を振ってやってくれ、とおじいちゃんは何度も頭を下げていた。おばあちゃんは「高卒ってだけで御《おん》の字だ」と涙ぐんでいた。落ちこぼれが通う高校の中でもあたしはトップオブ落ちこぼれで、追試と補習を繰り返してどうにか三年で卒業できるようにしてもらえた。出席日数には問題がなかったのと、留年させたら先生たちも面倒だからだと思う。あたしは、アマゾンやヨドバシにはどうやってもなれない。

パチンコ屋は好きじゃないけど、あたしにできる仕事があるんなら嬉しい。困るのは、悠介が東京の大学に行ってしまうことだった。おすすめの本が訊けなくなる。

二月の「給料日」、もう学校の授業はなくて、あたしはパチンコ屋の店長に連れられ、お店のいろんな人に「春からよろしくお願いします」と挨拶《あいさつ》して回った。それから「卒業祝いにこれで打ってみな」と五千円札を一枚渡され、打ち方を教わった。めまぐるしいパチンコ台の電飾とけたたましい音にくらくらしながら、適当にハンドルを回したりボタンを押したりしていると、何がよかったのか、五千円は五万円くらいになった。店長は「すげえ、パチプロの才能あるんじゃない？」と一万円抜いて残りをあたしに渡してくれた。そんな大金を持ったのは初めてで、嬉しくないわけじゃないけど、これは「悪いこと」や「怖いこと」とどう違うのかと戸惑《とまど》った。パチンコ玉がぎっしり詰まったドル箱は重たく、銀色の玉の山に手を突っ込んでざりざりかき混ぜると気持ちよかった。

お金をコートのポケットにしまって、雪野書店に行った。最近は悠介に会えていないから、本をおすすめできないことをおじさんにどうごまかそうかといろいろ考えたけど、あたしの頭では思いつかなかった。店に着く頃には、雪が降り出していた。

「ああ、いらっしゃい、きょうは遅かったね」

「うん」

あたしがもじもじしていると、おじさんはいつもの「文藝春秋」を差し出しながら、

「ここ、閉めるんだ」と言った。

「え、なんで？」

「いやまあ、儲《もう》からないからねえ。父親から、この店はつぶさないでくれって頼まれてた

んだけど、去年の暮れに死んじゃってさ。おれ自身は、本屋に興味があったわけじゃなかったし」

　まあ、だから、そういうことで。あたしは、ショックな顔をしていたのかもしれない。おじさんはひどく心苦しそうだった。

「雑誌はさ、出版社に定期購読頼めば郵送してくれるから。おじいさんに教えてあげて」

「うん」

　おじいちゃんはもう、「文藝春秋」を買わないだろう。今までだって、きっちり読み通したのを見たことがない。おせちをあれこれつつくようにぱらぱらと目を通したら、ぶ厚い雑誌は玄関先に積まれてそのうちごみに出される。

「寒いね。ホットミルク作ろうか」

　おじさんがレジの内側から段差を上がって奥へ引っ込むと、あたしは店の中を見回し、雑誌や本のポスターとは違う貼り紙に気づく。

『二月末日をもって閉店いたします。長らくのご愛顧《あいこ》ありがとうございました。店主』

「愛顧」という難しい漢字には読みがながふってあったので読めた。「愛」がＬＯＶＥなのは知ってる。きっといい意味の言葉なんだろう。ご愛顧されなかったから閉めるのに。でも最後だから、いいことを言わなきゃ。あたしもお母さんに「ご愛顧ありがとう」って言ってあげればよかった。そしたらお母さん、あたしのことをちょっと見直してくれたかも。そんなことをぼんやり考え、最後だから、レジの内側に回ってみた。おじさんがいつも見ていた景色だと思うと楽しかった。ちょろちょろするあたし、立ち読みする男の人、付録をチェックする女の人、絵本を選ぶちいさい子。おじさんはここで何人のお客さんを見てきたんだろう。

ふと足元に視線を落とすと、レジ台の下に段ボール箱が置いてあり、蓋《ふた》がちょっと浮いて中身が見えていた。本の表紙だ。売れ残りかな。そういえば、本屋さんは閉店セールとかしないんだろうか。ちらっと覗く表紙に見覚えがあったので、あたしはそっと蓋を持ち上げる。やっぱり。

先月、あたしが(悠介から聞いて)すすめた、『細雪』の文庫本。これで「ささめゆき」って読むなんて、日本語は本当に難しい。その隣には『ソロモンの偽証《ぎしょう》』。あたしが、先々月すすめた。その隣には『楡家《にれけ》の人びと』『五番目のサリー』『82年生まれ、キム・ジヨン』……全部、見覚えがあった。本を持ち上げてその下を確かめても、あたしが教えた本ばかり。どういうこと?

わけがわからず中腰のまま固まっていると、おじさんが戻ってきた。振り返ったあたしと目が合い、「見た?」と笑う。牛乳の膜みたいにへにゃっと頼りない笑顔だった。

「ねえ、娘は? 本、渡さなかったの?」

あの感想は、全部嘘だったの? 自分こそずっと嘘をついてきたくせに、あたしはちょっとむかついていた。

「渡せなかったんだ」

おじさんはぽつっとつぶやいた。顔に落ちてきた雪の粒みたいに、たちまちつめたく溶けそうな声で。

「月一回、必ず会えるはずだったのに、奥さんだった人はどこかに行ってしまった。黙って引っ越して、電話番号も銀行の口座も変えて、どこでどうしてるのかわからない」

「なんでそんなひどいことするの？」

「わからないんだよ」

マグカップから昇る白い湯気の向こうで、おじさんの目鼻口がどんどん薄くなっていく。のっぺらぼうになって、どんな表情なのか見えない。あたしがごしごし目を擦っても。

「離婚しても、親同士ではいようって約束したのに。何がいけなかったのか、どうすればよかったのか、どんなに考えてもわからないんだ。苦しいのに、あなたを見るとあの子を思い出して、考えずにいられない。とっさに嘘をつくと、あなたは本をすすめてくれた。嘘だと言えなかったから、自分で読んで、娘の感想のふりで伝えた。それがずっと続いてしまった。申し訳ない」

「全部、読んだの？」

「うん」

すごい。違う。あたしがすごくないんだ。おじさんはあたしと違って馬鹿じゃないから、当たり前に読めるんだ。急に、自分が馬鹿であることが悔しく、恥ずかしく思えた。

「全部読んだけど、どうすれば娘にまた会えるのか、自分の苦しさが楽になるのか、どこにも書いてなかったよ」

「じゃあ意味ないじゃん」

「そんなことはない。物語の中にいろんな苦しみや喜びがあった。今まで味わったことのないたくさんの感情に出会えて、自分とは違うのに、おんなじだと思えた。みんな等しく、それぞれの何かを背負う。重さや年月は問題じゃない。だからもう、苦しみから逃れようとして苦しむのをやめた」

「わかんないよ」

あたしは言った。

「馬鹿だから、わかんない」

「あなたのおかげだ、ありがとう、ってことだよ。本屋はつぶしちゃうけど、これからも本を読むと思う。今度は、自分で選んで」

おじさんは、あたしの嘘を知っていたのかもしれない。こんな狭い町だから、あたしが馬鹿なのはみんなに広まってる。

「『あなた』じゃない、透子だよ」

「透子さんか、いい名前だね」

「透明人間だから、いてもいなくても一緒ってこと」

「そんなことはない」

おじさんは怒ったような、でも怒ってはいない顔で言った。

「そんなわけがない」

おじさん。あの日、あたしの後ろにいたおじさんに、あたしがしょっちゅうパンツの中を触らせてたことは知ってる？　あたしは怖くて声が出せなかったんじゃない。「痴漢ごっこしよう」って言われたからなの。「いけないことしてるみたいで、どきどきするよ」って。おじさんが怒ってくれたから、「いけないこと」じゃなくて「悪いこと」なんだってやっとわかって、やめた。あたしはパンツの中を触らせてお金をもらってた。百円とか二百円はすぐなくなっちゃうから、もっとたくさんのお金で、梅ジャムせんべいでもビッグカツでもない、何かきらきらしたものを買いたかった。そうしたら、馬鹿なままでも生きていけそうな気がしていた。

「段ボール箱にある本、あたしに売って」

「これは売り物じゃないよ」

「じゃあ、お店の棚から同じもの売って」

あたしはそう言い張り、約七年ぶんのおすすめ本をできる限り揃えてもらった。四万円ちょっとになった。おじさんは「この店の過去最高売り上げだ」と、長いレシートが出てくるのを喜んで見ていた。ぱんぱんの紙袋を両手に提げ、あたしは店を出た。持ちきれなかったぶんは、あした届けてくれる。

「透子さん、元気でね」

おじさんは——おじさんも、この町を出て行くのかもしれない。おじさんがいなくなったら寂しいけど、そのぶん、ここにいないおじさんが、どこかで娘に会えているかもって自由に想像できる。お母さんも、あたしから離れて、どこかで楽しく暮らしてるかもしれない。そうだったら嬉しい。そっか。いなくなって透明になった人のことは、幸せなふうに考えられるから、いい。

「おい」

歩き出してすぐ、声をかけられた。悠介だった。

「なに、その荷物」

「本」

「全部？」

「うん」

悠介は片方の紙袋を強引に取り上げ「おも」と顔をしかめた。

「そっちも貸せ」

「重いからいいよ」

「重いから持つんだよ」

「いいってば。パチンコ屋でドル箱いっぱい運ばなきゃいけないんだし、今から練習」

抵抗したけど、結局両方とも奪われてしまった。あんなにひ弱だった悠介が、いつの間にこんなにたくましくなっていたんだろう。

「本なんか大量に買ってどうすんだよ」

「どうしよう」

「何だそれ」

「欲しかったの。でも、きっと読めない。どうしよう。あたしも本から教えてほしいのに」

悠介は何か言いかけて、ぐっと飲み込んだ。「馬鹿」って言おうとしたのかもしれない。飲み込んだあと、ミルクみたいに白い息を吐きながら「教えてやるよ」と言った。

「俺が、全部、説明してやる」

「すぐ忘れちゃう」

「そしたらまた教える」

「東京行くんでしょ」

「行くけど、できるよ」

おじさんみたいに、約束を破られたらどうしよう。悠介を信じていられる方法は、悠介があたしをご愛顧してくれる方法は、この本たちのどこかに書いてある？　あたしはおじさんに訊きたくなって来た道を振り返った。「雪野書店」の文字は、途切れ途切れの雪の流れと混ざって読めない。

「悠介、透明にならないでね」

あたしは言った。

「あたしのことも、透明にしないで」

「そんなことできたら、俺はノーベル賞もらってるよ」

そういう意味じゃない、けど、うまく説明できそうにない。悠介のコートの袖口をつかむと、悠介は一瞬びくっとして、でも振り払わなかった。まつげに降ってきた雪が溶けて視界がぼやけ、見慣れた町の寂しい明かりがにじんで見える。

【初出】

人魚
「第9回 静岡書店大賞受賞記念フリーペーパー」2021年12月(講談社)

Melting Point
「anan No.2311」2022年8.17-8.24合併号(マガジンハウス)

Droppin' Drops
「ピュア百合アンソロジー ひらり、」vol.4 2011年4月(新書館)

永遠のアイ
『スモールワールズ』講談社公式サイト2021年3月(講談社)

レモンの目
「メフィストリーダーズクラブ」〈黒猫を飼い始めた〉2022年3月21日(講談社)

ごしょうばん
『昭和ララバイ 昭和小説アンソロジー』2019年4月19日(集英社オレンジ文庫)

ツーバイツー
「anan No.2257」2021年7.14号(マガジンハウス)

Still love me?
「ダ・ヴィンチ」2018年11月号(KADOKAWA)

BL
「SFマガジン」2022年4月号(早川書房)

玉ねぎちゃん
「tree」〈Story for you〉2020年8月5日(講談社)

sofa & ...
「アフタヌーン」Web増刊「&Sofa」2021年11月22日(講談社)

神さまはそない優しない
『猫だまりの日々 猫小説アンソロジー』2017年12月14日(集英社オレンジ文庫)

透子
書き下ろし

一穂ミチ（いちほ・みち）

2007年『雪よ林檎の香のごとく』でデビュー。『イエスかノーか半分か』などの人気シリーズを手がける。『スモールワールズ』で第43回吉川英治文学新人賞を受賞し、2022年本屋大賞第3位となる。『光のとこにいてね』が第168回直木賞候補、2023年本屋大賞にノミネート。『パラソルでパラシュート』『砂嵐に星屑』など著作多数。

＊この作品はフィクションです。
登場する人物・団体は、実在するいかなる個人、団体とも関係ありません。

うたかたモザイク

2023年３月27日　第１刷発行

著者　一穂《いちほ》ミチ
発行者　鈴木章一
発行所　株式会社講談社
東京都文京区音羽2-12-21
郵便番号　112-8001
電話　出版　03-5395-3506
販売　03-5395-5817
業務　03-5395-3615

本文データ制作　講談社デジタル製作
印刷所　株式会社KPSプロダクツ
製本所　株式会社国宝社

KODANSHA

定価はカバーに表示してあります。

落丁本・乱丁本は購入書店名を明記のうえ、小社業務宛にお送りください。送料小社負担にてお取り替えいたします。なお、この本についてのお問い合わせは、文芸第三出版部宛にお願いいたします。

ISBN978-4-06-530721-2
N.D.C. 913　255p　20cm